十九首世界诗歌批评本丛书　"上海高校服务国家重大战略出版工程"资助项目

汪天艾　著

路易斯·塞尔努达诗歌批评本

Luis Cernuda：A Critical Reader

华东师范大学出版社
·上海·

图书在版编目（CIP）数据

路易斯·塞尔努达诗歌批评本／汪天艾著. —上海：
华东师范大学出版社，2021
ISBN 978－7－5760－2122－6

Ⅰ.①路… Ⅱ.①汪… Ⅲ.①路易斯·塞尔努达—诗
歌研究 Ⅳ.①I551.072

中国版本图书馆 CIP 数据核字（2021）第 185909 号

路易斯·塞尔努达诗歌批评本

著　　者　汪天艾
策划编辑　王　焰　顾晓清
责任编辑　顾晓清
审读编辑　徐曙蕾　朱晓韵
责任校对　时东明

出版发行　华东师范大学出版社
社　　址　上海市中山北路 3663 号　邮编 200062
网　　址　www.ecnupress.com.cn
电　　话　021－60821666
客服电话　021－62865537
网　　店　http://hdsdcbs.tmall.com/

印 刷 者　杭州日报报业集团盛元印务有限公司
开　　本　890×1240　32 开
印　　张　10.625
字　　数　215 千字
版　　次　2021 年 10 月第 1 版
印　　次　2021 年 10 月第 1 次
书　　号　ISBN 978－7－5760－2122－6
定　　价　69.80 元

出 版 人　王　焰

（如发现本版图书有印订质量问题，请寄回本社客服中心调换或电话 021－62865537 联系）

你等吧
把我的诗读完
它们在书桌上
灯——我没有关

张枣《留言条之一》

目　录

1

第三辑　诗人之为天职的代价与荣光

导言 对一个"神话"的还原

> 开始可以肯定也就是结束,因此
>
> 困难的是我们要怎样献身给生活
>
> ——西渡《残冬里的自画像》

1963 年冬,流亡墨西哥的西班牙诗人路易斯·塞尔努达突发心脏病与世长辞。彼时,无论是在西班牙诗坛、西语文学研究界还是更为广袤的诗歌场域里,塞尔努达作为二十世纪最重要的西语诗人之一的辐射力才刚刚开始显露[1]。在此后的半个多世纪里,他对西班牙诗坛产生的影响足以媲美胡安·拉蒙·希梅内斯和安东尼奥·马查多[2],何

---

[1] 曾与他共事的诗人胡安·吉尔-阿尔贝特在文章中遗憾地感叹过,当声名与认可终于即将追上他的步伐,塞尔努达却被自己的心脏辜负。参 Juan Gil - Albert, "Encuentro con Luis Cernuda", en *Memorabiblia*, Barcelona:Tusquets ediciones, 1975, pp.186 - 194.

[2] Jacobo Muñoz, "Cuarenta años despúes", en *La Caña Gris - Homenaje a Luis Cernuda*, Sevilla:Editorial Renacimiento, 2002, p.IX.

塞·安赫尔·巴伦特、海梅·吉尔·德·别德马、弗朗西斯科·布里内斯等"世纪中一代"诗人都曾受到过他"沉默但决定性"[1]的影响,将塞尔努达奉为"我们的诗坛活着的经典"[2];安东尼奥·柯里纳斯等"68年一代"诗人曾以"秘密"的方式读过塞尔努达在墨西哥和古巴出版的诗集,将他视为师长——"这是豪尔赫·纪廉、佩德罗·萨利纳斯或拉法埃尔·阿尔贝蒂都不曾扮演的角色"[3];八十年代"体验派诗歌"的核心人物加西亚·蒙特罗多次谈到塞尔努达对于自己"作为诗人和作为人的成长"都起到非凡的教育意义,认为他是西班牙"二十世纪最伟大的诗人之一"[4]。可以毫不夸张地说,"在西班牙诗坛过去五代诗人的作品中,塞尔努达的声音从未停止回响"[5]。

而在西语世界之外,约瑟夫·布罗茨基在《如何阅读一本书》中推荐母语为西班牙语的读者阅读塞尔努达的作品;哈罗德·布鲁姆将他列入《西方正典》附录,并在《天才:创造性心灵的一百位典范》中为他撰写单章,盛赞他是与艾米莉·狄金森和保罗·策兰比肩的"诗歌艺术的圣人"[6];法国《读书》杂志编纂的《理想藏书》"西班牙文

---

[1] Jacobo Muñoz, "Prólogo", en *La Caña Gris - Homenaje a Luis Cernuda*, p.1.

[2] Jacobo Muñoz, "Cuarenta años despúes", en *La Caña Gris - Homenaje a Luis Cernuda*, p.IX.

[3] Rosa María Pereda, "Introducción", en *Joven poesía española (Antología)*, Madrid: Cátedra, 1980, pp.14 - 15.

[4] "Luis Cernuda y la poesía española contemporánea: una mesa redonda" en *100 años de Luis Cernuda*, Madrid: Publicaciones de la Residencia de Estudiantes, 2004, p.49.

[5] Emilio Barón, "Luis Cernuda y la poesia europea" en *100 años de Luis Cernuda*, pp.91 - 92.

[6] "如果说诗歌艺术有自己的圣人,比如狄金森和保罗·策兰,那么路易斯·塞尔努达也是其中之一。"("La terrible grandeza de Luis Cernuda - Entrevista a Harold Bloom por James Valender", en *100 años de Luis Cernuda*, p.24.)

学"篇中,塞尔努达的散文诗集《奥克诺斯》位列第二,主编贝·皮沃皮·蓬塞纳评价他是"西班牙语诗人中最伟大的一个,也是最神秘、最不为人知的一个"。

半个多世纪以来,随着塞尔努达的作品被越来越多地阅读和解读,有更多与他相关的回忆和记述浮出水面,人们对诗人的想象开始逐渐定型,一个以"性格孤僻""难以相处""遗世独立"等作为关键词的个人"神话"随之被不断放大(诗人在世时,这个"神话"其实已经开始流传)。不过,塞尔努达一生的创作,如他为诗全集所选的书名,是在现实与欲望这样不可调和的矛盾体之间的摇摆往复,他的作品中所暗含的"怎样想"和"为什么这样想"远比直接的定义来得复杂,仅仅依靠塞尔努达回忆录末尾那一句自我嘲般的"性格即命运"做判词难免草率,他是否从一开始就如布鲁姆描述的那般"没有任何经世的宏愿"[1]恐怕也值得更为审慎的考量。

如果说,如奥克塔维奥·帕斯所言,塞尔努达的诗歌全集即他一生的故事[2],那么,这个故事绝非一个孤独的诗人及其所创造并留下的遗产这样简易。在进入本书的正文部分、细读他的诗歌作品之前,我希望首先结合书信、日记等资料梳理塞尔努达的心态演变,从而

---

[1] Harold Bloom, "Cernuda" in *Genius: A Mosaic of One Hundred Exemplary Creative Minds*, New York: Warner Books, 2002.

[2] 帕斯写道:"对塞尔努达而言,诗歌的目的是认识他自己,但是他的诗歌也在以同样的强度尝试创造他自身的形象。《现实与欲望》不仅是一部诗歌传记,它是一个灵魂的故事,这个灵魂在认识自己的那一刻,变了形象。"(Octavio Paz, "La palabra edificante" en *Luis Cernuda. El escritor y la crítica*. Madrid: Taurus Ediciones, 1977, pp.138 - 160.)

对他自建或旁人为他构建的个人"神话"进行还原,以求对他创作及人生中一些无常或矛盾的选择寻找解释,也为后文的细读做一个大背景式的铺垫。

下文的分析会试图规避以"后视"的立场简而化之地归纳总结,而是期望通过回到事件发生现场将他的思想和行为复杂化,与此对应的,则是现代生活与二十世纪历史经验本身的复杂性。塞尔努达的个人"神话"并非始终定格在孤绝于世的单一维度之上,通过对其人生不同阶段的深挖,我们不难发现,塞尔努达的一生展现出更为复杂的面相——他笃信诗人的天职(及随之而来的"诅咒"),相信恪守孤独对于实现这一天职的绝对必要性,却也曾在外界政治热潮的裹挟下"希望自己(对社会)有用",曾在外部的动荡与个人的离散当中难以摆脱作为普通人对归属感和陪伴的渴求。而当他最终选择停留在边缘,在不断的逃离中用诗歌定义人生,从而自我开解并抵御孤独,这样的句点也因为此前的波动和摇摆而显得更为立体。

*　　　*　　　*

在文学史的划分中,塞尔努达属于"27年一代"诗人群体,但是在这个群体初次登上历史舞台的著名合影里却并没有他的身影。1927年12月,以洛尔迦、纪廉、赫拉尔多·迭戈等为代表的年轻诗人在塞维利亚举办致敬贡戈拉的诗歌朗诵会,白银时代中青春洋溢又极具悲剧色彩的群体"27年一代"由此作为一个群体亮相。只是,当同样是在此前几年出版了处女作的同代诗人来到自己的家乡举办留存史册的朗诵会时,塞尔努达却没有受到邀请,更无机会登台表演,只是混在观众里看完了全场[1]。

　　游离在边缘的被排斥感几乎是塞尔努达这一整年的缩影。4月的时候,塞尔努达的处女作《空气的侧影》付梓,拿到样书时,他"彻夜未眠"[2],书评界接踵而至的批评却给了他当头一击,成为始终未能愈合的伤口,一个余生都纠缠着他的鬼影。近三十年后,塞尔努达回忆道:"那时的我毫无经验,在塞维利亚孤立无援,周遭发生的一切令我困惑。(……)当我得知那几年里西班牙出版的所有其他小本诗集都或多或少被善意地接纳,人们对我的特殊态度就格外折磨我,尤其是我已经隐约明白诗歌会是我存在于世最重要的(即使不是唯一的)理由。"[3]当《空气的侧影》被斥为"毫无新意"或"不过是对纪廉的模仿"时,年轻的诗人却并未对自己产生怀疑,而是受到激发,对自己的诗歌之路产生了理念化的思考。在1927年8月的三篇日记中,塞尔努达写道:

　　所有的作品一经写出,都意味着存在创造者和受众。既然受众尚不存在,就需要被发明出来。[4]

[1] James Valender, "Síntesis biográfica", en *Luis Cernuda 1902 - 1963*, Madrid：Publicaciones de la Residencia de Estudiantes, 2002, p.22.

[2] Luis Cernuda, "Historial de un libro", en *Prosa I*, Madrid：Siruela, p.629.

[3] Luis Cernuda, "Historial de un libro", en *Prosa I*, pp.629 - 630.

[4] 塞尔努达日记,1927年8月21日(Luis Cernuda, *Prosa II*, Madrid：Siruela, p.752.)

真正的诗歌不是非此即彼的。"此"和"彼"并非互相排斥的,要是真的存在"此""彼",都只是对真正的诗歌的渴望。[1]

永恒方能定义诗人。[2]

寥寥数行,勾勒出塞尔努达此后一以贯之的几点想法的雏形。其一,是他意识到自己需要更多的时间和努力来"培养"属于他的读者,预料到自己将经历"缓慢受到重视的过程"[3]。其二,是他刚刚踏入诗歌大门即已展露出毫不狭隘的开放心态,对这门艺术的宽广及诗歌高于诗人的地位有了懵懂的认知。在 1958 年的回忆录中,他依然秉承着同样的思想:"诗歌的神奇在于它所蕴藏的无尽可能,因此,哪怕是最伟大的诗人也只能向我们展现其中一种或几种可能,提供有限的视角,诗歌的视野却是广袤无边的。"[4]其三,则是作为诗人对永恒的渴望。

在当时,这种对诗歌志业暗暗的执拗并不为人知,塞尔努达虽然因处女作遭遇评论滑铁卢心中忿忿,感到被文学界针对,却也没有耽溺于离群索居的感伤之中,而是在次年继承微薄遗产得以离家自立时动身前往当时西班牙的文学中心马德里,在书店打工的同时,第一次真正置身于群体性的文学氛围当中。在二三十年代的马德里,除了

---

[1] 塞尔努达日记,1927 年 8 月 23 日(Luis Cernuda, *Prosa II*, p.753.)
[2] 塞尔努达日记,1927 年 8 月 24 日(Luis Cernuda, *Prosa II*, p.753.)
[3] Luis Cernuda, "Historial de un libro", en *Prosa I*, p.642.
[4] Luis Cernuda, "Historial de un libro", en *Prosa I*, p.636.

"草场"咖啡馆等著名的文人聚谈地,大学生公寓及其他类似住所是当时最集中的文学交流场所。塞尔努达虽然没有住在洛尔迦、达利、布努埃尔等人聚集的大学生公寓,却也与他们往来甚频,在公寓的档案里,留存着多张拍摄于 1928 年的塞尔努达与其他诗人的合影。几年后,塞尔努达住到了同代诗人马努埃尔·阿尔托拉吉雷和他的妻子孔查·门德斯的楼上。夫妇二人除了创作,还开设了一个家庭作坊式文学出版社,做邻居的几年里,塞尔努达也积极为他们编辑出版的《英雄》杂志供稿,此外,据吉尔-阿尔贝特回忆,他还经常下楼来蹭饭吃[1]。

除了阿尔托拉吉雷家,文森特·阿莱克桑德雷的公寓是塞尔努达最常去的聚谈地,那里也是"27 年一代"诗人最常相聚的场所之一。多年后,当往事消散于硝烟,塞尔努达曾饱含内敛的深情在不同场合回忆起那段日子:

阿莱克桑德雷家的书房和客厅是我们谈话的舞台,到场的除了前文提到的几位[2],还有我们带来介绍给大家的朋友。所有人都会立刻得到阿莱克桑德雷的欢迎,我很少见到像他这样彬彬有礼的人。

寒暄几句之后,阿莱克桑德雷会了然地走到一边,做出漫不经心的样子,给其他人自由的空间,他有时不说话,有时会参与到谈话中,但总是留心与气氛相合。很多时候费德里科·加西亚·洛尔迦都是

---

[1] Juan Gil-Albert, "Encuentro con Luis Cernuda", en *Luis Cernuda. El escritor y la critica*, Madrid:Taurus Ediciones, 1977, p.20.

[2] 指阿莱克桑德雷、洛尔迦、阿尔托拉吉雷和塞尔努达。

带来乐音的那个人，有时候是他自己的歌声，有时候是钢琴声，我们就这样听着听着，度过一个又一个下午。

我们很少留意到面朝花园的窗口外夜晚何时降临，总是比当季该日落的时候显得提早了一点。不过，剔透清细的钟声会响起来提醒时间。琴声人声骤停。每次告别于我都是一次撕扯，要从这样亲近的气氛走到外面截然不同的世界。所有那一切，人和事，数年之后都悲剧地消散不见了。[1]

我们[2]在马德里重逢，在阿莱克桑德雷家中。他和朋友一起来的。他刚刚结束为期一年多的美国和古巴之行。(……)

他在钢琴前坐下。他并不像人们说的那样声线优美，但是，后来我听过很多歌唱家演唱他谱写的歌曲，却没有人能唱出费德里科·加西亚·洛尔迦投注其中的韵律、力量和粗野的悲伤。他平时并非帅气逼人，但是坐在钢琴前的他完全不同，脸庞散发着光彩，无需提高音量就能抛洒全部的激情，歌声与他娴熟演奏的琴声完美融合，诗句和旋律一同流淌。你只能爱上他或者离开他，绝没有模棱两可的选择。他自己也深知这一点，所以每当他想吸引别人，想打动任何人，都会演奏一段钢琴，或者朗诵几行自己的诗。

那个下午我们听了多少首歌？我不知道。一首接着一首，精美或狂野，安达卢西亚的，卡斯蒂利亚的，加利西亚的。我完全没注意到时

---

[1] Luis Cernuda, "Vicente Aleixandre", en *Prosa II*, pp.203–204.
[2] 指塞尔努达和洛尔迦。

间的流逝,也想不起很快我就得继续面对无聊的人群和愚蠢的俗事。忽然古老的座钟在钢琴后面的小茶几上轻轻敲了几下。费德里科,那个总是喜欢重复自己独创的动作、说些自己发明的词语的费德里科,微微颔首,双手合十做祈祷状,礼成。天色已晚,我们不得不离开了。[1]

　　及至 1930 年底洛尔迦的戏剧《神奇的鞋匠婆》公演之时,塞尔努达已是受邀观看首演的马德里文学界众人当中的一员。他给自己打工的书店的老板写信讲起那场首演,用"朋友们"来指称当天同去的人[2]。1931 年迭戈编纂《西班牙诗歌选,1915—1931》时也邀塞尔努达选择新作收录其中,并请他写若干行标明自己诗学态度的话附前。要知道,《空气的侧影》出版后,在 1927 年和 1931 年间,塞尔努达先是发表了几首赌气而为的黄金世纪风格"旧体诗",此后转向超现实主义,在杂志上偶有发表,但再也未出版新的诗集单行本。因此,从 1927 年 12 月的边缘地位到 1931 年成为"27 年一代"相对较为中心的成员之一,这与他从塞维利亚来到马德里、在公寓聚谈中获得的"在场感"不无关系,而塞尔努达也从这样志同道合的情谊当中体会到陪伴与力量。

　　这一时期,西班牙正处于大动荡与大变革的交织当中,1931 年 4 月,人民投票要求共和制,国王阿方索十三世被迫退位,西班牙第二共

---

[1] Luis Cernuda, "Federico García Lorca（Recuerdo）", en *Prosa II*, pp.149 - 150.

[2] 1930 年 12 月 29 日,塞尔努达给桑切斯·古埃斯塔的信（*Luis Cernuda. Epistolario 1924 - 1963*, Madrid: Publicaciones de la Residencia de Estudiantes, 2003, p.142.）

和国成立。在 4 月 14 日共和国成立当天,西班牙各地纷纷举行庆祝游行,公寓里的塞尔努达也走上了街头。据当时一同参与马德里庆祝游行的阿莱克桑德雷回忆[1]:

> 路易斯·塞尔努达和我两个人一起被淹没在汹涌的人浪里,在街头下坡、上坡、下坡,走到某个人群散开的出口,或者某个集会现场,水流最终汇合的地方。有一刻,我们路过人群的浪潮从车行道涌上人行道的豁口,我问他:你觉得我们现在要从这个口子走出去吗? 看起来可以走。——不——我听见他的回答。他笑着说不,点着头,几乎自然而然地张开了双臂。那一刻我觉得他仿佛一个游泳的人。不过转念一想,不,他更像是水。我觉得他很满足,微笑着,任凭自己被人群带走。

在左翼政权执政的第二共和国前半期,诗人展现出一种前所未有的对集体感的诉求,不仅走向人群并在人群之中得到满足,也对某些他认为象征着精神解放和自由的政治主张表达出朴素的向往。他参与到第二共和国的重要文化项目"乡村教育使团"当中[2],加入流动美术馆团队,将一些世界名画的复制品送到偏远的乡村展览,并为村民担任讲解员,同时还帮助一些村庄建设公共图书馆。在三年多的时间里,塞尔努达一共去过二十余个村庄进行文化艺术普及工作[3]。

---

[1] Vicente Aleixandre, "Cernuda en la ciudad", en *La Caña Gris-Homenaje a Luis Cernuda*, pp.11‑12.

[2] 关于"乡村教育使团"的原委和塞尔努达在其中的经历,详见本书细读《守灯塔人的独白》的部分。

[3] James Valender, "Síntesis biográfica", en *Luis Cernuda 1902‑1963*, p.33.

1933 年，塞尔努达在一篇发表于阿尔贝蒂主编的革命杂志《十月》的短文中写道："必须终结、必须摧毁这个囚禁生活的社会制度，这个社会灭绝了能量，也就灭绝了生活本身。为此我相信共产主义掀起的革命。生活将因此而获得拯救。"诗人或许并不了解（可能也不关心）共产主义在经济和社会组织层面的主张究竟是什么，他一心所想是终结现有的、压迫人性的资本主义体系，希望人能够在精神上不受任何法条规则的束缚，回到完全自然自由的状态。

到了右翼政权执政的第二共和国后半期，左右翼矛盾激化，冲突不断升级，塞尔努达展现出对投身战斗的左翼群体的同情，将这种战斗理解为对现实束缚的反抗和对自由的追求。1934 年 10 月，西班牙包括阿斯图里亚斯、加泰罗尼亚、马德里在内的多个大区爆发工人大罢工，其间不乏武力冲突和暴乱。这场被称为西班牙版"十月革命"的运动被迅速镇压、以失败告终，冲突中双方互相导致的大量流血事件标志着西班牙无论是政客还是民众都已彻底分化并激烈对立，内战已难以避免。在此期间，身处马德里的塞尔努达在日记中留下了第一手的资料[1]。10 月 5 日马德里交通大罢工开始第一天，塞尔努达的字里行间流露出为群体而产生的担忧以及某种隐隐的期待：

大罢工。

今天早上我一大早出门去买报纸

没有地铁，没有电车，没有出租。

---

[1] Luis Cernuda, *Prosa II*, pp.762–763.

今天晚上也许会发生什么。

罢工,罢工。我很少像昨晚那样体会到群体性的担忧(preocupación colectiva)。我竟差一点为这种政府效力[1],太恶心,太羞耻了。

10月7日,更多新闻传来,塞尔努达的担忧随之加重:

革命。

不确定,缺少切实的消息。不高兴,一想到这场运动失败了就觉得很遗憾。在这以后,整个国家将被迫过上怎样的生活?

10月12日,各地的抗争遭到镇压,宣告失败。塞尔努达写道:

这场"最终没能真的成为革命的"革命结束了。现在想讲故事的人可以随便讲了,都结束了。现在,把死去的人埋了,也没有什么证明有过死人,有多少死人,为什么死了。人们热切地奔赴影院和剧院,想把咖啡馆挤得满满的,出租车和电车恢复寻常。过去的日子和现在的日子之间,区别只有那些无名的死人。也没人注意到我们当中缺少了他们。

某种程度上,这样的心态也解释了塞尔努达在内战初期某些在他而言不免"反常"的行为。虽然此后他对这段经历三缄其口,对内战、

---

[1] 指的是他差一点成为这届政府外交部门的工作人员。

对西班牙的态度多有转变,但是作为后来的读者与研究者,我们还是有必要回到事件发生的现场,梳理诗人的行为和思绪脉络。1936 年 7 月西班牙内战爆发之后,塞尔努达留在被佛朗哥军持续围城和轰炸的马德里,参与到马德里保卫战的电台广播宣传当中。《电波》杂志第 572 期将塞尔努达作为"本周人物"推出,刊登了他在工会电台的广播节目中朗诵诗歌的照片[1]。到了 11 月底,他甚至报名成为志愿民兵,跟随阿尔卑斯山炮兵部队被派往瓜达拉马山脉参战,直到次年 1 月自行要求退伍。在前线发生的事情,现有文献中尚未发现塞尔努达本人的任何记述。

离开军队回到马德里后不久,塞尔努达搬至战时的共和国政府所在地瓦伦西亚,加入共和国政府的"官方杂志"《西班牙时刻》的编撰团队,与共事的诗人阿尔托拉吉雷、吉尔-阿尔贝特、画家拉蒙·加亚等人建立起深厚的战斗情谊。在"27 年一代"经历生离死别、四散各处之时[2],《西班牙时刻》团队为塞尔努达提供了一种新的集体感。后来,塞尔努达在战争结束前先行开始了事先并不知情的流亡,他也继续挂念着《西班牙时刻》团队其他人的命运和处境。1939 年 4 月,他终于辗转得到曾经共事的各位的音信,激动地写道:"你的信让我太高兴了。我此前一点你们的消息都不知道,非常担心。看起来你们都得救了(除了可怜的菲)。"[3]

---

[1] James Valender, "Síntesis biográfica", en *Luis Cernuda 1902 - 1963*, p.40.

[2] 塞尔努达在发表于 1937 年 2 月的《致敬》一文中写道:"那些人,我们曾经共同创造了一个时代,如今不得不各奔东西。"(Luis Cernuda, *Prosa II*, p.117.)

[3] 1939 年 4 月 7 日,塞尔努达给费尔南德斯-卡尼维的信。菲是加亚的妻子,在逃难路上遭遇轰炸身亡。(*Luis Cernuda. Epistolario 1924 - 1963*, p.275.)

对于正在英伦迷雾中勉强度日的塞尔努达,"与世隔绝"的孤单简直能"把风车变成巨人"[1],对内战后期留在西班牙及内战后流亡拉美的诸位旧友的关切是他在书信中反复提及的话题,共同的命运令诗人更加渴望与他人的连结,以下仅摘取几例:

我和你分隔了这么久。多可怕的噩梦。我一直想起你们。偶然得知你们逃生到了巴黎。尽管我们有三年没见了,我们被共同的苦难联系在一起。我知道你们经历了什么,因为这是所有的西班牙人都经历过的。两方的政治阵营现在都只让我觉得恐怖和恶心。对西班牙人我感受到最深刻的共情;他们本该值得更好的运气。[2]

你一定能想到,因为在我的故土上一切的走向,我的心情是怎样的。对西班牙那边的任何人的情况我都不知道,除了阿尔托拉吉雷夫妇,他们要去墨西哥了,他们承受了所有可能的苦难。

我就这么活着,没有愿望也没有希望。但凡我有钱,我就去巴黎几天,去知道我的朋友们都怎么样了;但也许最好的就是我现在在这里正在做的:像植物一样勉强活着。[3]

---

[1] 1938 年 11 月 14 日,塞尔努达给拉法埃尔·马丁内斯·纳达尔的信:"我想快点再去伦敦;我在这里太孤了,这种与世隔绝会把风车变成巨人,就像堂吉诃德那样。如果说这一直都是西班牙人的国民劣根性,算算现在该到了什么样的程度吧。"(*Luis Cernuda. Epistolario 1924-1963*, p.265.)
[2] 1939 年 2 月 22 日,塞尔努达给门德斯的信。(*Luis Cernuda. Epistolario 1924-1963*, p.273.)
[3] 1939 年 3 月 16 日,塞尔努达给爱德华多·萨尔米恩托的信。(*Luis Cernuda. Epistolario 1924-1963*, p.274.)

所有的、几乎所有的我的西班牙朋友都离开去古巴或者墨西哥了,我不知道什么时候我们能再度重聚。[1]

当战火在世界范围内蔓延,此时的塞尔努达已经不再对政治变革抱有幻想,"二战"末期,谈及对未来的打算,塞尔努达在信中写道:

我也开始忘却西班牙了,尽管,等战争结束了,我当然希望离开英国。去哪里,我不知道。我觉得我正在逐渐变回一个愤世嫉俗的理想主义者,这个搭配很好地定义了我现在的状态。我不认识几个西班牙人。对西班牙的政治新闻,我都带有一点必要的怀疑主义。我发现人最好是生活在远离祖国的地方,因为,这样,那个国家的不公、错误、灾难都几乎伤害不到你。这总是有利的事,尤其是对于你我这样的人,文化是我们的第一生产资料,排在对政治思想的热情之前。[2]

风雨大作的外部环境之中,诗歌的庇护之力如同灯塔屹立,发出亘古不变的光芒,陪伴着在大海上各自飘零的人。1944 年,塞尔努达去信给远在墨西哥的帕斯,说要寄给他一份新诗稿,是否有机会出版还在其次,"无论如何我希望能在某个朋友那里存一份我的作品……要是它在威胁着我们生命的种种意外中遗失了,我就太难

---

[1] 1939 年 6 月 3 日,塞尔努达给萨尔米恩托的信。(*Luis Cernuda. Epistolario 1924 – 1963*, p.279.)

[2] 1944 年 11 月 24 日,塞尔努达给孔查·德·阿尔伯诺兹的信。(*Luis Cernuda. Epistolario 1924 – 1963*, p.391.)

释怀了"。很快帕斯收到了《仿佛等待黎明的人》的原稿。四十多年后帕斯回忆起这段往事，依旧难掩自己深受震动：在德军连月的轰炸之下，更令塞尔努达忧心的不是失去生命而是诗稿遭遇不测，在可怖的时刻，他选择了一位没见过几面的年轻墨西哥诗人看管自己的诗稿。[1]

虽然在远离母语读者的环境里生活，随着流亡英国时期创作的诗集在墨西哥和阿根廷出版，塞尔努达终于开始得到少量的、迟到的认可与反馈——"我大概每八到十个月会收到一封寄自美洲的信，某一本在那边出版的杂志延后寄到，提醒着我是（或者我认为我是）一位诗人，而且也有其他人这样想"[2]。他开始意识到自己在拉丁美洲年轻诗人中的影响力[3]：

我有一组新诗要发在《海岸》杂志上。帕斯写信给我说："在您那一代诗人中，您是被读得最多、引用得最多、模仿得最多的。"他提到布宜诺斯艾利斯有一本杂志发表了一小篇文章，说到我的诗歌正在对美洲的年轻诗人产生影响。收到帕斯这封信后几天，我读到阿根廷《国家报》文学副刊，发现其中两首诗的表达正是沿袭了我的诗句。作者都是陌生的。我猜是年轻人。我如果有孩子，差不多也就是这些陌生的诗人朋友这么大，真是奇妙。我越来越清楚地看到我的作品一

---

[1] *Luis Cernuda. Epistolario 1924 – 1963*, p.402n.

[2] 1945年4月10日，塞尔努达给孔查·德·阿尔伯诺兹的信。（*Luis Cernuda. Epistolario 1924 – 1963*, p.402.）

[3] 1944年12月2日，塞尔努达给格雷高里奥·普里耶托的信。（*Luis Cernuda. Epistolario 1924 – 1963*, p.394.）

直以来都需要、将来也需要培养自己的读者,创造自己的读者,也许我的作品意味着一种超前的精神,直到现在才开始被他人感知到。

1947年,《仿佛等待黎明的人》在阿根廷出版,塞尔努达自述慢慢从各处听说"这次我的诗得到和当年处女作在马德里出版时截然不同的评价",困惑之余,他想"也许是时间终于开始做工",不禁感叹"有意思的是,尽管此前我出版的诗集并未受到特别的关注,它们也没有被遗忘,当人们提到西班牙诗歌时,我的名字还会经常出现。这是一种沉默的认可"。[1]

对想要获得读者、却从不刻意讨好的塞尔努达而言,他一天天愈加明晰地看到,在诗歌创作的过程中,孤独和与世隔绝不仅是一种现象,更是一种需求。在四十年代给友人的书信中,塞尔努达多次谈及工作和孤独的必要:

直觉使然,我素来喜欢退隐的生活。我现在刻意想要为我的工作而活,我的工作需要怡人的与世隔绝,尽可能不要把我自己浪费在与他人的交往和处理外界事务中。[2]

孤独着,工作着,总还是比自欺欺人和受苦,要更值当。

我很欣慰你在工作。画吧,画吧。这是唯一对我们有用的事情,

［1］Luis Cernuda, "Historial de un libro", en *Prosa 1*, p.655.
［2］1947年2月26日,塞尔努达给阿尔伯诺兹的信。(*Luis Cernuda. Epistolario 1924－1963*, p.425.)

为了尝试表达我们对万事万物的观点。这样的尝试最后结果如何或者别人怎么评价我们的作品对我来说已经不重要了。能从事这项工作就足够了。[1]

　　就像格雷高里奥有时候会说的,"我们都在这里浪费时间"。如果仅仅是浪费时间其实没什么大不了。只是原本可以用来工作和共同生活的最好的年月,就这样被白白挥霍过去了。确实,谁的生命没有被白白浪费呢?[2]

　　就这样,塞尔努达从在剑桥大学任教期间独善其身的绅士[3]进阶成在曼荷莲女子文理学院工作时期恪守孤独的隐修士[4]。面对现实(动荡、流亡、独裁下的西班牙、很难直接接触到读者)与欲望(被阅读、精神上的自由、被爱)之间不可调和的矛盾,塞尔努达最终选择

[1] 1945 年 2 月 20 日,塞尔努达给普里耶托的信。(*Luis Cernuda. Epistolario 1924 – 1963*, p.399.)

[2] 1945 年 4 月 10 日,塞尔努达给阿尔伯诺兹的信。(*Luis Cernuda. Epistolario 1924 – 1963*, p.401.)

[3] 据学生回忆,塞尔努达在剑桥大学教授"西班牙黄金世纪诗歌的思想与风格"这门课时"总是穿得一丝不苟,非常正式,像外交官一样。在英国已经不再有真正的绅士的时代,他是一位绅士,就像是从骑士小说或者谣曲里走出来的"。(Gerald Denley, "Luis Cernuda", en *El Pais*, 3 de febrero, 2002, pp.15 – 16)

[4] 据去过塞尔努达在美国的教工宿舍的两位诗人回忆,他的房间如隐修士的单间一般简洁,秩序完美,仅有的装饰是几本书和一个空相框。(Juan Luis Panero, "El marco vació", en *ABC Literario*, 23 de marzo de 1991, p.XVI 及 José Rodríguez Feo, "Los origenes de Origenes", en *El Urogallo*, núm.54, noviembre de 1990, p.36.)

的解法是笃信或者说寄希望于诗歌能够令他永生、作品能比诗人活得更长久。

　　然而,当佛朗哥政权随着1959年新经济法案的颁布更加牢不可摧,塞尔努达越来越担心像自己这样流亡在外的"异数"诗人会被彻底忽视或遗忘。与此同时,在西班牙诗坛,以诗歌作为反映社会现实与斗争诉求的风潮愈盛,卡斯特莱特主编的断代诗歌选集《西班牙诗歌二十年(1939—1959)》几乎将西班牙战后诗歌完全置于社会现实主义大旗之下,编者断然指出当代西班牙诗歌不再寻找抽象的纯粹诗歌王国或冥思领地,而是面对历史担起道德责任,为矛盾重重的社会现实提供平直简单的证言,与读者达成直接的交流。这本选集所反映出的西班牙诗坛和读者群对社会诗歌的巨大认同与接受震动了大洋彼岸一群特殊的西班牙人,这些因内战流亡的诗人此时对祖国历史与现状的解读与评价方式都已发生变化,身体与心理上的距离给予他们另一双眼睛去阅读诗歌、阅读战后的西班牙,使他们不再拘泥于民族主题与战斗语调,而是青睐更加私密、内化的诗歌。卡斯特莱特的选集有选择性地忽略了其他持不同诗学理念的诗人,塞尔努达就是其中之一。

　　这样的境遇更加重了诗人的隐忧,惴惴不安的情绪贯穿了他的最后一本诗集《客迈拉的悲伤》。塞尔努达在书中历数自己所笃信的价值体系,从多个侧面探讨艺术家与艺术品(音乐、绘画)、创造者与被创造物之间的关系[1],在材料选取和表达上脱去了此前几本诗集中

---

[1] Derek Harris, "La poesia de Luis Cernuda", en Luis Cernuda, *Poesia Completa*, Madrid: Siruela, 2003, p.94.

冷静客观的外衣,而是直接采用极度个人化、亲密的语调,几乎可以视为对自我的加长版分析。尤其是全书的最后一首诗《致同胞》暴烈地直斥坊间流传的那些关于他的所谓"传说",坦陈自己最大的恐惧是报复性的沉默,是虚假的、被炮制出来的"传说"在他死后流传下去,也就是说,害怕他作为一个人和作为一个诗人的真实被彻底遗忘[1]。直到生命的最后阶段,这样的阴云仍然挥之不去。在给研究自己的青年教师卡洛斯·P.奥特罗寄去的最后一封信中,塞尔努达写道:

关于《奥克诺斯》的事就像一柄达摩克利斯之剑悬在我头顶,他们不让我看封面。我坐立不安,我不记得有过任何一本其他作品的出版这么让我不抱希望。

我想读诗,但是现在一点儿都读不了了。我曾经用来把事实和经验转变成诗意情绪的转化器已经失效了。我掉进了一种我再也受不了的生活里;一切都回到了过去这些年里所有的受骗和冒犯当中。也希望那些蠢人不要再继续谈论我的"苦涩"了。就这样吧。

---

[1] 这样的担心也并非空穴来风。塞尔努达刚刚去世之时,西班牙各类文学刊物纷纷为他撰写文章,质量良莠不齐,其中不乏理解谬误,引起帕斯的反感:"既然诗人已长眠地下,我们似乎就可以毫无顾忌地大谈他的作品,将它们解读成我们想让他说的意思——我们把分开读成统一;把魔鬼读成上帝;把充满敌意的土地读成祖国;把身体读成灵魂。这样的'解读'让人难以忍受,相当于抹去了所有被禁止的词语——愤怒,欢愉,作呕,男孩,噩梦,孤独……过去一年中大多数写塞尔努达的文字都可以随便用在任何一个诗人身上,如果我们真的爱他的诗歌,就该听见他真正对我们说的话。"(Octavio Paz, "La palabra edificante" en *Luis Cernuda. El escritor y la critica*, pp.138–160.)

下封信见。[1]

1963 年 11 月 5 日清晨,塞尔努达突发心脏病去世。他没有来得及收到同一天奥特罗寄出的回信,在那封信的最后,奥特罗提到第二个周日他会在学校的开放日参与系里的圆桌会议,与资深教授一起对谈,讲一讲他所研究的塞尔努达的诗歌,"要是能让您看到一眼就好了"[2]。

*　　　*　　　*

别德马指出塞尔努达不认同于(或者说不屈从于)"上帝死后"诗人即普通人——既是"上帝之子"(hijo de Dios)也是"邻人之子"(hijo de vecino)——的身份理解,而是将自己的存在与诗人作为神与人之间媒介的天职等同起来。在别德马看来这样的"不认同"难免有自欺欺人之嫌,因为普通人的身份"始终跟在诗人身后,如影随行"。[3] 然而现代诗人何尝不是"必须在不断降低诗歌的敏感性的同时,具有更加成熟和健全的心智"才能"胜任一个现代人日理万机、错综复杂

---

[1] 1963 年 11 月 1 日,塞尔努达给奥特罗的信。(*Luis Cernuda. Epistolario 1924－1963*, pp.1153－1154.)

[2] 1963 年 11 月 5 日,奥特罗给塞尔努达的信。(*Luis Cernuda. Epistolario 1924－1963*, p.1157.)

[3] Jaime Gil de Biedma, "Como en sí mismo, al fin", en *Obras: poesía y prosa.* Barcelona: Galaxia Gütenberg, 2010, p.820.

的日常生活",因此"在某种程度上应该是一个圣徒"。[1] 通过前文我们可以了解到,塞尔努达并非从一开始就坚定于这样的选择,也并非从未受到所谓"凡俗"事务和困境的烦扰。他的生命历程恰恰呈现出许多现代诗人共有的轨迹:从小城流动到文学中心,成为以公寓为载体的、代际性文学群体的一员,与其他同时代诗人建立友情;曾经有过变革的冲动,曾经走上街头,后经历战乱、颠沛流离,在外部动荡中调整着自己"小处敏感大处茫然"[2]的内心。

这样的心态矛盾本身恰恰是丰富塞尔努达诗歌写作内涵的关键。早在 1935 年,塞尔努达就曾在《朗读前的絮语》一文中解释过自己的诗意直觉来自现实与欲望的尖锐冲突:

> 我的诗意直觉的觉醒来自对现实最锐利的感知,体验到周围世界的美与吸引力所激发的最深刻的共鸣。在我看来,诗歌问题的本质是由现实与欲望、表象与真实之间的冲突与缠斗构建而成的,由此我们才能看见世界的完整图景,像费希特说的,埋藏在表象底部的关于世界的神圣想象。[3]

---

[1] 西渡在纪念戈麦研讨会上的发言,转引自颜炼军《解开或创造"惊讶"》,《诗歌中的声音——西渡研究集》,北京:华文出版社,2019 年,第 170—171 页。
[2] 借用自卞之琳《雕虫纪历》自序中对自己三十年代诗歌写作的总结:"当时由于方向不明,小处敏感,大处茫然,面对历史事件、时代风云,我总不知要表达或如何表达自己的悲喜反应。"见《卞之琳文集》(中卷),合肥:安徽教育出版社,2002 年,第 446 页。
[3] Luis Cernuda, "Palabras antes de una lectura", en *Prosa* I, p.602.

不过,塞尔努达并没有让自己的诗学发展停留在 1935 年浸淫荷尔德林的新浪漫主义时期,而是对浪漫主义诗歌传统进行了有所批判的继承,后续的外部震荡、流亡历程使得他对现实与欲望之间不可调和的悲观视角不再仅仅出于浪漫主义式的想象,而是有了切实的来源。在此后的人生中,他不断体会到现代诗人不得不直面的残酷和焦虑,在现实与欲望不可调和、长期共存的诗学理念基础之上,一方面植根浪漫主义传统,同时又发展出一种批判意识[1],对自己的生命体验进行了客观化的处理[2]。有学者认为,正是这样的二元对立与自我批判最终使他跻身伟大诗人的行列。[3]

塞尔努达最终选择了让诗歌的意义超越生命的意义,他自嘲有"不好相处,很难与他人沟通"的"典型的缺陷"[4],寄希望于自己作品的价值可以替他弥补因追求与世隔绝而对他人造成的冒犯:

> 我知道我不擅与人相处。也许我的作品可以补偿那些原本对我抱有善意却因为我不擅相处而感觉被冒犯的人。我的作品比我有价值。不如换一换,留下作品,离开我这个人,这会更划算。[5]

---

[1] Derek Harris, "La poesía de Luis Cernuda", en Luis Cernuda, *Poesía Completa*, p.95.

[2] Derek Harris, "La poesía de Luis Cernuda", en Luis Cernuda, *Poesía Completa*, p.46.

[3] Derek Harris, "La poesía de Luis Cernuda", en Luis Cernuda, *Poesía Completa*, p.96.

[4] Luis Cernuda, "Historial de un libro", en *Prosa I*, p.626.

[5] 1946 年 2 月 23 日,塞尔努达给涅维斯·马修斯的信。(*Luis Cernuda. Epistolario 1924－1963*, p.413.)

诗歌又在某种程度上拯救了诗人的矛盾动荡,抵御了孤独所造成的不便与痛苦。凭借着对美、真理与诗歌的不辍爱力,塞尔努达的心态摇摆最终定格在孤独的劳作之中,不再向作为普通人对舒适度的需求妥协,这竟与他大学毕业伊始就有过的顿悟如出一辙:

我明白自己全身心投入的是一项不能为其他职业让步也无法与之共享的事业:诗歌。我很害怕兰波所说的"那只手",那种慢慢妥协于工作或某种职业的精神舒适感,要想在社会上谋生需要的正是这种舒适感,而我不无恐惧地发现,自己永远不会拥有这样一只"手"。[1]

奥登曾在 1956 年的一次演讲末尾指出:"一个诗人永远不知道自己应该知道什么。……诗人应该永远对偶然抱有一种秘密崇敬,因为他知道偶然命运的指引在诗歌创作中扮演着怎样的角色。"如同许多二十世纪的知识分子,塞尔努达一生中经历过太多不可掌控和意想不到——二十余年未有归期的流亡开始于一个偶然[2],教书成为一辈子糊口的职业是一场意外[3]……而这其中,他自述最令人惊讶的却是近乎必然的——成为诗人及其所需的孤独:

---

[1] Luis Cernuda, "Historial de un libro", en *Prosa I*, p.633.

[2] "我以为自己的离开不会超过一两个月,这样的想法才使我轻易接受了安排。"(Luis Cernuda, "Historial de un libro", en *Prosa I*, p.643.)

[3] 1945 年 1 月 28 日,塞尔努达给埃斯特万·萨拉扎尔的信:"过去七年里,我一直在做一件我从没想过会以此为生的事:教书。"(*Luis Cernuda. Epistolario 1924 - 1963*, p.395.)

在所有令我惊讶的事情中，最超乎想象的是，这么多年，尽管始终被孤立，尽管发表自己的作品实在不易，我居然一直依靠一个荒唐的信念坚持写作。诗歌和以诗人自居是我全部的力量，就算这个信念是错误的也已不再重要，因为正是这个错误让我收获如此多美妙的瞬间。[1]

*　　　*　　　*

塞尔努达的人生与创作经历的多面相和复杂性，以及他作为西班牙二十世纪下半叶诗坛众将的"源头诗人"的地位，为我们采用细读的方式对其人其诗进行研究提供了合法性。本书的正文部分分为三辑，围绕着贯穿和影响塞尔努达毕生创作的三个核心元素（主题）——流亡（祖国）、欲望（身体）和诗歌（真理）——展开，每辑内部的诗歌均写作于塞尔努达不同的人生与创作阶段，因而共同形成纵向与横向交错的脉络。

全书共收录30首诗，我对其中的12首代表作进行了细读，对各辑下"扩展阅读"部分的作品补充了基本背景，偶有短评。在阐释文本的过程中，我希望按以下三个方面梳理思路：其一，是一首诗的文本面貌，包括修辞、意象、格律、节奏、架构以及时态、语态等需要结合原文进行把握的语言语体层面特点；其二，是一首诗的诞生史——它的创作背景是怎样的？在诗人的个人历史中处于怎样的位置？其三，

---

[1] Luis Cernuda, "Historial de un libro", en *Prosa I*, p.655.

是一首诗及其背后的传统——这首诗在诗人的个人诗学谱系中位于何处？这首诗所对应或代表的诗人的某个侧面在更广袤的诗歌传统中位于何处？又与诗人自己或他人的作品之间存在怎样的互文关联？

关于塞尔努达的诗学脉络，诗人写于 1958 年的回忆录《一本书的记录》是关于他的诗学成长至关重要的文献，已有中文译本出版[1]；国内亦有数篇介绍性或研究性的原创文章[2]或译文[3]见诸报刊或流传于网络空间。本书正文各篇对此也有较多涉及，并已在附录中的生平创作年表里对重要节点加以说明，因而在导言中不再赘述。

译本和版本方面，本书所收录的 30 首诗歌中，《献给一个身体的诗：XVI "一个人和他的爱"》《陀思妥耶夫斯基与肉体之美》《拉撒路》《西班牙双联画》《致未来的诗人》为范晔译[4]，《1936 年》为范晔、汪天艾合译，其余为汪天艾译[5]。附录中诗歌的原文版本遵循

---

[1] 塞尔努达《一本书的记录》，汪天艾译，作为附录收于塞尔努达《致未来的诗人》，范晔译，上海：华东师范大学出版社，2015 年。

[2] 可参见汪天艾《西班牙诗人塞尔努达：孤独的掌灯塔者》，《文艺报》2013 年 4 月 15 日第 6 版；汪天艾《塞尔努达与他的神话》，《书成》2014 年 5 月号；汪天艾《塞尔努达作品的经典化》，《文艺报》2015 年 1 月 12 日第 7 版；汪天艾《墨水写就的西班牙：塞尔努达流亡诗歌中的祖国主题》，《文艺报》2015 年 6 月 8 日第 7 版；汪天艾《诗与生命的求索》，《人民日报》2016 年 1 月 24 日第 7 版。

[3] 可参见何塞·特鲁埃尔《真理与欲望：解读塞尔努达流亡前诗歌》，汪天艾译，作为代译序收于《现实与欲望：塞尔努达流亡前诗全集（1924—1938）》，成都：四川文艺出版社，2016 年；布鲁姆《塞尔努达的天才》，范晔译，https：//www.douban.com/group/topic/88662995/；帕斯《造就之言（节选）》，汪天艾译，https：//www.douban.com/group/topic/50868485/。

[4] 这几首译诗收于范晔译《致未来的诗人》，已获该书出版方和译者授权。

[5] 其中的一部分已收录于《现实与欲望：塞尔努达流亡前诗全集（1924—1938）》。

《塞尔努达诗全集》(Luis Cernuda. *Poesía Completa*, Madrid：Siruela，2003)。所有其他引文如无特别说明均为作者自译。

　　以"细读"作为方法的范式在前辈学人对中国现当代诗歌的批评与研究中已有相当一部分尤为精彩的成果,研究者们将文本阐释作为生产批评的中介,结合大量外部和内部历史的材料进行以点带面的论述——无论是从一首诗到一部作品,还是从一位诗人到他所属的群体或时代。这样的"细读"不仅是受到欧美"新批评"的启发,更如洪子诚所言,是"直接承继"了我国上世纪三十年代《现代》杂志和废名、卞之琳、朱光潜等在诗歌解析上的理论与实践。[1] 在国内的西班牙语诗歌研究领域,借鉴此种方法论进行批评写作尚属新鲜事物。今年是我接触塞尔努达作品的第十个年头,本书算是在以"细读"作为方法的诗歌批评方面"虽力不能及,然心向往之"的一点粗浅初尝,多有不足,敬请方家指正。

---

[1]《在北大课堂读诗》(修订版),洪子诚主编,北京：北京大学出版社,2014 年,第 6 页。

第一辑
一个西班牙人的流亡与望乡

"你没为自己哭出的那一声,我为你而哭"
——读《死去的孩子》

 1938 年 5 月,塞尔努达在伦敦写下《死去的孩子》[1],最初手稿中的诗题是《给一个死在英格兰的巴斯克少年的挽歌》。当时,诗人初抵英国不足三个月,不愿接受当地朋友接济,因而为了糊口在牛津郡的一家儿童福利院工作,照顾福利院收留的那些来自西班牙的战争孤儿。此前一年,希特勒应允向佛朗哥伸出援手,德国纳粹空军将伊比利亚的天空变成了练兵场。1937 年 4 月,位于西班牙北部的巴斯克地区遭到昼夜不停的轰炸,不仅是全城尽毁的格尔尼卡震惊世界,近旁的工业重镇毕尔巴鄂也是一片废墟,无数孩子在一夜之间失去所有亲人,国际纵队开始想办法帮助这些孤儿前往英国避难。5 月 22日,从巴斯克地区轰炸中死里逃生的 3800 名儿童乘坐海轮抵达英国南安普顿港,同行的还有 2 名医生、4 名护士、14 名神父和 95 名老师。他们在温切斯特老城旁不远的营地暂时安顿下来,随后由"巴斯克儿童组织"负责分散到不同的英国城市,由当地的福利院或个人收留。

 这些孩子中最年长的一批来到了后来塞尔努达去工作的"儿童

---

[1] Luis Cernuda, *Poesia Completa*, Madrid: Siruela, 2003, pp.272 – 274.

之家",他们的年纪从 14 岁到 16 岁不等,逃离家乡之前已经参与到防御工事的建造和血肉真实的战斗中,残酷的现实与亲人的死亡深深烙在他们将近成年的脑海里。15 岁的何塞·索布利诺·里亚尼奥就是其中的一个。这个巴斯克语小名叫伊尼亚齐的孩子是毕尔巴鄂钢铁厂一个高炉工人的儿子,聪明伶俐,很快熟练掌握了英语,福利院的主人法灵顿勋爵甚至提出要出资送他去私立学校念书。然而,1938 年 3 月,伊尼亚齐病重入院,最终在当月 27 日不治去世。弥留之际,他曾请求见见"塞尔努达先生"。孩子同诗人说了几句话,请诗人念首诗给他听。塞尔努达念完之后,伊尼亚齐说:"现在,请不要走,但是我要转过去对着墙了,这样你就不会看着我死掉。"塞尔努达和旁边的护士都以为这是个玩笑。过了几秒,他们听到一声粗哑的呼气。孩子已经死了。4 月 13 日,伊尼亚齐下葬于牛津的玫瑰山墓园。他是第一个死在英国的流亡的西班牙孩子,也是塞尔努达在内战爆发以来挥之不去的黑雾里第一次亲眼目睹的死亡。受到巨大震动与冲击的诗人一门心思想要回到西班牙去,甚至表示:"经过这些事情,我再也不会回到任何一间巴斯克"儿童之家"了。我宁可饿死,宁可回巴塞罗那,落到佛朗哥手里;无论如何我也不要再来一次了。"[1]

　　1938 年 5 月 25 日,塞尔努达在伦敦写成这首挽歌。全诗 51 行,除少数几行根据不同的朗读停顿可能出现 1 个音节的加减(第 4、33、

---

[1] 背景部分参见 Rafael Martinez Nadal, *Españoles en la Gran Bretaña. Luis Cernuda. El hombre y sus temas*. Madrid：Libros Hiperión,1983, pp.22－30. 和 Antonio Rivero Taravillo, *Luis Cernuda. Años de exilio（1938－1963）*. Barcelona：Tusquets ediciones, 2011, pp.26－34.

39 行可以是 12 音节;第 8、17、19、23 行可以是 10 音节)以外,基本可以视为一首标准的、无固定韵脚和行数分布的 11 音节诗(endecasílabos blancos)。这是西班牙诗歌中最传统的格律之一,诗的第一节也延续了传统"挽歌"的起兴,从在墓地与死后世界的对话开始。整首诗出现频率最高的三个名词"死亡"(muerte)、"身体"(cuerpo)和"伙伴们"(amigos)都在第一节中亮相,为这些关键词此后重复出现时的"主题再现"效果做了铺垫。尤其是"死亡"作为贯穿全诗的精魂第一次出现即与"流亡"同句:"已经用死亡 / 盖住了更广袤的流亡"(第 3 至 4 行)——死亡终结了草地下埋葬的这个孩子的流亡,诗人却还要挣扎于战乱、温饱、飘零的现实,这是否是更加无边无际的黑暗?

第一节发生于墓地的哀悼声起之后,"遗忘"(第 6 行)与"记起"(第 7 行)相对,回忆开始蔓延。第二节首先以"我们的日子"(第 7 行)点出了挽歌作者与挽歌对象之间的共盟关系:逃离内战、流亡英国的共同经历。当个体被历史的洪流推着走,人无能为力,无知无觉,体会到的只有一种"缓慢的自我熄灭"(第 10 行)。第 11 至 12 行将"常流"和"熄灭"的心理状态与"屋顶上的雨""灶里的火"相比,辅以"从前"与"当时"开启对西班牙岁月的回忆与想象,自然而然过渡到第三节勾勒的画面,时间线继续回溯。而第三节乍一读来是在替死去的孩子追忆童年,想象着他在死后的世界里恣意漫游、回到故乡。然而细细品来,这一节里的意象——小马奔过的原野、黄昏斜照的土墙、一半明亮一半隐在暗处的灰色古塔、夜晚迷失的小路——很难不让人想起《奥克诺斯》里诗人反复描摹过的风景:

驴车沿着那条孤零的路小跑,道路两旁种满仙人掌和蓝桉树,小男孩从一个有着阿拉伯名字的小村庄回到城市。

(《恐惧》[1])

花园的土墙上方,一棵高大的木兰用树枝铺满阳台一侧。

(《木兰》[2])

一座灰赭色瘦塔高高立起,像一朵花的花萼。

(《古园》[3])

复而去读第三节,他写的哪里是冷峻的巴斯克山城(塞尔努达从未去过那里),这分明是他从不直呼其名的故乡塞维利亚,这分明是诗人自己的童年挽歌。的确,据塞尔努达在伦敦交往密切的朋友马丁内斯·纳达尔回忆,在他家喝下午茶的时候,诗人曾这样说起他照顾的那些巴斯克孩子:"每当我独自一人,看着他们玩耍,我能看见我自己的童年和他们一起奔跑,这让我热泪盈眶。"[4]

第四节承上启下,延续上一节的"回忆假想",从回忆过海流亡的片段过渡到眼前的死亡。一切因战争而起,本节的第21行却是全诗唯一一次直接提及"战争"一词。诗人用"正在长大的伙伴们"(第20

---

[1] Luis Cernuda, *Poesía Completa*, p.557.

[2] Luis Cernuda, *Poesía Completa*, p.571.

[3] Luis Cernuda, *Poesía Completa*, p.568.

[4] 转引自 Antonio Rivero Taravillo, *Luis Cernuda. Años de exilio (1938-1963)*, p.32.

行)埋下伏笔,最后"别的伙伴"(第43行)长大了,而"你"无足轻重的青春失败,身体像坟上的草一样年轻,但是,再也不会长大了。"死亡"和"流亡"第二次出现在同一句里:"忘了它自己在/你短暂的流亡后带你去死"(第24至25行)——为了逃避死亡而被迫流亡,却在流亡中坠入死亡的深渊,互为因果的二者孰轻孰重?

至此,全诗过半,"我"的人称作为第五节的首行首字第一次出现,动词却是虚拟式:"我本该分担医院里/那几个僵直的小时"(第26至27行)。也许,那一刻,"我"本想陪伴的不仅仅是这个孩子的死亡吧。1938年2月塞尔努达离开西班牙的时候以为只是受邀去英国做讲座,一两个月就回来了,根本不是刻意为之的"去国"流亡。在初抵英国的几个月里(包括创作这首诗的时候)他不停向朋友表达想要借道法国回到西班牙的意愿(也确实在这一年夏天前往巴黎停留数周后被恶化的内战局势拦了回去)。后来,在回忆内战中自己不想流亡的心理状态时,诗人这样写道:"我原本抱着勉强的愿望,想回到故土的废墟上做一个无能为力的见证者"[1]——他本想、本该分担祖国死去之前"那几个僵直的小时"(第27行)。

现实事实与诗人目光的界限再度模糊,第29行中"那关于上帝的梦你不接受"是对伊尼亚齐死前一个细节的还原。当时曾有一位天主教神父三次去他的病榻前想说服他跟随自己做临终祷告,伊尼亚齐都坚定地拒绝了。据病房护士说,最后神父拿出一个巨大的十字架对他说:"我的孩子,我请求你,好好看看它。"伊尼亚齐看了一会儿,说:

"他妈的,太丑了。"[1]当一个人既不笃信天堂的设定,又不接受肉身虽死、灵魂犹生的理念,死去的动作更像是一个生理过程的终结。第六节里,孩子咽下最后一口气,无边的孤独与漠然,再无其他。然而此节的最后两行(第36至37行)看似是写伊尼亚齐的临终,却更像是在借死者写生者:早在泥土用死亡盖住你之前,无边的漠然已经降临。

情绪在死亡的场景中累积到顶点,在第七节的首句中以标准的挽歌声音爆发,标志着全诗开始收尾:"你没为自己哭出的那一声/我为你而哭。"(第38至39行)这是全诗第一次出现第一人称陈述式的动词,即这是"我"真正做出的第一个动作:哭。哭的是什么呢?哭的不是死亡本身,死亡本不恼人,只是可惜了死去的是个孩子,尚未长大,可惜他被"别的伙伴"抛下,只能"独自面对死亡坚硬的形象"(第28行)。当诗歌结构进入尾声,此前提到全诗第二高频的两个名词"身体"和"伙伴们"继第一节后又一次在同一诗节中重逢,完成主题再现:

第一节:伙伴们鲜活的生命("短促清亮的声音")对照着埋葬在草地下的"你"年轻的身体

第七节:你的身体再不会长大,不会像伙伴们那样活生生地走过原野。

至此,诗人写完了这首诗的两条人称线之一:"你"与"他们"

---

[1] Rafael Martinez Nadal, *Españoles en la Gran Bretaña. Luis Cernuda. El hombre y sus temas*, p.26.

（"伙伴们"）。第一节中"他们"的声音"与"你"生死两隔,第四节渡过大海的动词主语是"你们"（"你"和"他们"）,大海看见的是"你们"（第23行）。第七节中曾经一起渡过大海的"你们"变成了"你"和"别的伙伴","你"的生命停在原地,"他们"的还在继续——自我与他人的分割,死亡是一件孤独的事情。

最后一节终于写到引发塞尔努达写下这首诗的最初灵感,孩子死前先知一般的画面:"你转过头对着墙壁"（第46行）。一个孩子面对世界展现出的脆弱,作为成年人的诗人亦未能幸免。"永恒之影"（第49行）作为死亡的镜像已在诗人1937年所写的《梦死亡》[1]中得到过详尽的阐发:

> 孤零的白天与沉默的黑夜里
>
> 你走过,永恒的影,
>
> 一根手指竖在唇间。
>
> （……）
>
> 你走过所有,谜一样的影,
>
> （……）
>
> 当我望着白色的青春坠落,
>
> 在灰色的时间里染污破碎;
>
> （……）
>
> 那时我只相信你,广袤的影,

---

[1] Luis Cernuda, *Poesia Completa*, p.264.

你的柱廊那阴沉的爱神木后面

有世上独一清晰的真实。

　　战争去除了死亡的任何浪漫色彩,让它变得前所未有的真实。生命的脆弱与死亡的力量堵在眼前,不能不看。所有的幻想破灭,死亡是唯一的真实。这首诗前四节都以虚拟式和条件式动词(如第一节中的"要是……能……你会")为主,结合表示可能性的回避式立场副词如"也许""大概""或许",凸显出一种不确定的语调,与缅怀追忆的声音相衬。然而到了最末两节,无论是陈述式如"我为你而哭"(第39行)"我想""你不"(第51行)还是命令式如"睡吧""听着"(第50行)都是肯定的现实,不再有委婉和不定:一切都是当下,一切都是现实,现实就是死亡,或者比死亡更无边的流亡。

　　全诗终结于另一条人称线:"我"与"你"。二者之间的共盟关系从第三节的童年回忆和第四节的跨海记忆中已经隐隐建立,第五节第一次出现"我"的人称让这种连结正式跃居纸面之上,经过第七节"我为你而哭"(第39行)到最后一节"我"与"你"在一起,"我想在你身边"(第51行)并非死愿,而是与死去的孩子之间命运的呼应与沟通,"你不孤单"是说给挽歌对象听,也是说给自己听的。

　　如前所言,在由马丁内斯·纳达尔保存的1938年手稿中,这首诗的标题是《给一个死在英格兰的巴斯克少年的挽歌》,但是1940年,当塞尔努达将这首诗第一次收录成书(墨西哥塞内加出版社出版的第二版《现实与欲望》)时,他将诗题改成了《死去的孩子》,此后一直沿用。标题的改变实际上扩大了这首诗的外延。写下它的当时当刻,这首诗是写给特定历史事件中死去的一个特定的人的挽歌,而到了1940年,战火已烧到英国,塞尔努达又直接或间接地见证或通晓了更多的死亡、更多死去的孩子,如他后来在回忆录中所写:

在克兰雷学校教书的那个秋天,张伯伦与希特勒的会面让危机不断累积,英国乃至整个世界都在这种危机中惶惶度日。(……)我在克兰雷学校周围的原野上遇见过的那些学生,有很多都在随后几年死于第二次世界大战,他们和所有其他死于战火的人一样,名字早已被刻上墓碑,《慕尼黑协定》只是推迟了注定的死亡。[1]

当这首诗成为《死去的孩子》,它不再仅仅是一首写给那个死在英格兰的巴斯克少年的挽歌,而是一首写给无数从来没有机会长大的身体、写给历史面前多少无能为力的个体、写给正在经历比死亡更广袤的流亡的一代人(包括诗人自己)的挽歌。

附:死去的孩子

要是伙伴们短促清亮的声音

能传到你那里,埋你的草地

---

[1] Luis Cernuda, "Historial de un libro", en *Prosa I*, p.646.

年轻得像你的身体，已经用死亡

盖住了更广袤的流亡，

也许你会黑暗忧伤地想

你的生命是遗忘的事。

大概你会记起我们的日子，

这听任自己跟随劳作和苦痛

无知无觉的常流，

这忧郁、缓慢的自我熄灭

像你从前灶里的火，

像当时屋顶上的雨。

或许你去找你村子里的原野，

小马欢快地飞跑，

土墙上昏黄的光，

灰色的古塔，半边在阴影里，

一只忠实的手领着你

走过夜晚迷失的小路。

你会记起有一天你微薄的青春

和正在长大的伙伴们一起

过海，就这样远离战争。

焦灼滑过你们当中[1]

阴沉的大海一看见你们

笑了起来,忘了它自己在

你短暂的流亡后带你去死。

我本该分担医院里

那几个僵直的小时。你的眼睛

独自面对死亡坚硬的形象。

那关于上帝的梦你不接受。[2]

也不接受你的身体脆弱,

鲜活有力的是你的灵魂。

只用了长长的一口你咽下

你的死亡,你命定的死亡,

没有往回看

一眼,像去打仗的人。[3]

---

[1] 1938 年的手稿显示,塞尔努达创作此句时第一遍写的是"焦灼在你们身上滑过"(sobre vosotros la angustia resbalaba,或可理解为"焦灼从你们上方滑过"),后涂掉改为"焦灼滑过你们当中"(La angustia resbalaba entre vosotros),除方位及主语位置的变化外,该行也因此由原来的 12 音节减为 11 音节。

[2] 1938 年的手稿显示,"接受"一词塞尔努达最早写的是"享受"(gozaste),后涂掉改为"接受"(aceptaste)。

[3] 1938 年手稿中该句原文是 Atrás, tal hace el hombre cuando lucha,1940 年初次收录成书时将 tal hace 修改为 igual que,在语意基本不变的情况下增补了 1 个音节,使该句成为 11 音节。

无边的漠然盖住你

在泥土盖住你之前。

你没为自己哭出的那一声

我为你而哭。我没有赶跑

你的死亡像赶一只恼人的

狗。没用的是我本想

看见你长大后的身体，青葱纯洁，

像你那些别的伙伴一样，

走过英格兰的原野上

白色的风，活生生地。

你转过头对着墙壁

这动作是一个孩子害怕

在欲望里展现出脆弱。

狭长的永恒之影盖住你。

沉沉睡吧。不过听着：

我想在你身边；你不孤单

"西班牙？西班牙死了"

——读《流亡印象》

　　自 1938 年末至 1939 年中,在西班牙内战几成定局的终点与第二次世界大战爆发的前夜之间,在被诗人自述为"一生中最悲凉的岁月"里,塞尔努达写下最初的一组流亡主题诗作,留下了对那一整代人所承受的精神与肉体的颠沛流离最尖锐的描摹。这其中《流亡印象》[1]因其冷峻的表达与细腻的情绪形成的特殊张力而显得尤具代表性。

　　诗题中"印象"二字透出画作感,却并非对实际风景的描摹,而是与代表人生阶段、景况的"流亡"一词搭配,构成由画入诗、由诗入人生的链条。首节和次节采用"时间—地点—人物"的经典叙事逻辑:"去年春天"——伦敦市中心的"圣殿堂"里——上了年纪的嘈杂男女。在这两节的景致人物背景铺陈中,形容词"老"及其变体词的频繁出现尤为明显:"老圣殿堂"(第 3 行)、"家具古旧""老房子"(第 4 行)、"老绅士""老贵妇"(第 9 行),辅以落满灰尘的帽子,共同营造出一个仿佛被时间禁锢的有限空间。两次大战之间的伦敦上层社会依然勉强维系着一成不变的生活,初到英国的塞尔努达确实出于礼貌在圣殿堂参加过几次这样的聚会,却只觉得这僵死的画

---

[1] Luis Cernuda, *Poesía Completa*, pp.294 - 295.

面如同病态的舞台陈设,衰老与疲惫织成层叠的蛛网。如是情绪丝丝缕缕渗进第二节的字里行间,"我"作为一个西班牙流亡者,从目睹扭曲与杀戮的噩梦里醒来,望着眼前戴羽毛帽、品下午茶的老派英国人:他们并不知道或是并不在乎灾祸已经在西班牙降临。此情此景像一幅被框定的画作,痛苦在一方降临,而另一方,生活如常继续。几乎同处二战前夕的阴影里,奥登也在《美术馆》一诗中带着类似的情绪这样描绘勃鲁盖尔的画作《伊卡鲁斯》:

一切是多么安闲地从那桩灾难转过脸:

农夫或许听到了堕水的声音

和那绝望的呼喊,

但对于他,那不是了不得的失败[1]

甫一入第三节,人物群像让位于"一个沉默的男人"的独像,他的身上有一种特殊的疲惫,像一个回返尘世的死人(第 21 至 23 行),《圣经》中死而复生的拉撒路形象骤然出现,与诗人同一时期(1938 年 12 月 17 日)写下的长诗《拉撒路》[2]形成鲜明互文,共同构成塞尔努达笔下流亡者心理的关键主题:诚然,流亡是死里逃生,是"又一次生命",可是这样的复活绝非无牵无挂的新生,重生的主人公感到"奇特而空虚",无法一味欢欣,反而在心里想"他们应该这样/在我死的

---

[1]《穆旦译文集》(第 4 卷),查良铮译,北京:人民文学出版社,2005 年,第 463 页。
[2] Luis Cernuda, *Poesia Completa*, pp.289 - 293.

时候,默然将我埋葬"。

多年后,塞尔努达回忆写作这两首诗的情境时谈及刚刚经历"内战撕扯"的自己看着身处的世界又将陷入战争,体会到一种"破灭的惊喜,如同死后重回人间"——这正是诗人借《流亡印象》中男人的"疲惫"与拉撒路复活时的不安与痛苦传递的个人体验。比《流亡印象》早一个月完成的《拉撒路》借重写圣经典故思考复活后的拉撒路如何找寻希望继续活下去,诗末塞尔努达给出的理由并非对造物主大能的仰仗,而是他自己笃信的价值:美、真理与公正。那首诗中拉撒路的找寻之路延伸至《流亡印象》,依然是一首揭示(revelación)之诗:在二十世纪三十年代末做一个流亡国外的西班牙人意味着什么? 塞尔努达的回答是,那意味着被从死亡中叫醒,被命运推着向前走,在异乡继续背负自己的过去与国家的历史,像诗中沉默的男人,"看不见的重压之下/拖着他坟上的墓石"(第40至41行)。

这样的重担一如第三节中慢慢积蓄的情感在第四节"西班牙"一词首次出现的瞬间攀至顶峰(第 26 至 28 行):

有人的唇间

浓稠如正在落下的一滴泪

忽然吐出一个单词:西班牙。

爆发之后随即陷入无可挽回的倦意,必须起身离开。最后两节更换场景,从室内转向室外。潮湿的街上,沉默的男人开口:"西班牙? 一个名字罢了。西班牙死了。"当可以代表祖国的自由与理想全部流落在外,当"西班牙"的名字只剩下空壳,当"如今想起你的名字/足以毒死我的梦境"(《一个西班牙人谈论他的土地》[1]),自我认同为"西班牙人"亦仿佛宣告自己"孤儿"的身份。全诗最后一行,"我"看着陌生男人消失在街角的暗影里,在动词的选择上诗人采用了自负动词"borrarse"表达"消失"之意,该词原型"borrar"最基本的释意为"擦去、抹去"("草稿"一词"borrador"即与该动词同根)。此处男人几乎是在潮湿的空气里"擦除了自己"。念及塞尔努达此后半生绵延的流亡,从英国到美国到墨西哥,沿途扔下的行李书稿、撕掉的照片、中断的通信……他的每一次逃离,几乎也都是一次"擦除自己"的消失,将流亡岁月一段一段删除。1947 年秋,塞尔努达自南安普顿港乘船前往美国,在初抵美利坚写下的《离开》[2]一诗中再次用到"borrarse"一词总结英伦岁月,与《流亡印象》形成相隔十年的对照:

像一个错误,十年生命

一朝擦除。

(……)

终于再见了,和你的子民一样冷冽的土地,

一个错误带我来,另一个错误带我走。

感谢全部,感谢全无。我再不会重新踏上你。

---

[1] Luis Cernuda, *Poesia Completa*, p.310.

[2] Luis Cernuda, *Poesia Completa*, p.423.

战争初期,塞尔努达以为适度的冲突会给未来带去希望,却不曾料想其中的恐怖:"后来,真正让我震惊的不只是自己居然能安然无恙地逃离那场大屠杀,更是我当初竟然完全没有意识到自己身处一场大屠杀之中,哪怕它就发生在我身边。"那一年,他留在身后的是"淌着血的、废墟里的故土",是"所有人的癫狂":战争撕开土地,撕开人性,让沟壑与伤口裸露在刺眼的阳光下被曝晒,荒芜原野上唯一的绿、暗沉空气中唯一的蓝[1]被生生剥去,他慢慢看清,这不是(或不再是)一场为了捍卫与变革展开的战争,彼时的西班牙"并没有一线生机",半个西班牙死在另外半个手里,墓志铭早已刻好。然而,他还渴望在故土的废墟上做一个"无能为力的见证者":"尽管如此,我从未想过离开(考虑到我对当时西班牙局势的态度,离开才合情合理);因为我觉得至少我还在我的故土一边,我还在我的故土之上,做着我永远的工作:诗歌。"

流亡却陡然降临,一步推着一步,他渐行渐远。那原本不是有意为之的去国——多年以后,诗人在回忆录中写道:

1938 年 2 月,一位英国朋友在我毫不知情的情况下,以请我去做讲座为理由,从伦敦为我争取到在巴塞罗那的西班牙政府签发的前往英国的护照。直到手续悉数办好可以启程,他才通知我这一消息。我以为自己的离开不会超过一两个月,这样的想法才使我轻易接受了安排。然而,至今我已离开二十多年。那位英国朋友斯坦利·理查德森 1940 年在伦敦死于德军轰炸。[2]

---

[1] 取自塞尔努达为洛尔迦所写挽歌,详见本书第三辑。
[2] Luis Cernuda, "Historial de un libro", en *Prosa I*, p.643.

1938 年春天,塞尔努达初抵英国伦敦,在 3 月 26 日写给费尔南德斯-卡尼维的信中,诗人谈及自己最初的窘迫并表达出依靠他人资助的难堪:"我这几周几乎是空着口袋过的。所以我没办法把你向我要的书寄给你;我连最小的东西都买不起,电影都看不起。旅行费用几乎就是做梦了。"彼时在伦敦国王学院任讲师的马丁内斯·纳达尔记得自己那个春天初见塞尔努达的时候,对方"在陌生人面前总是以一种极度节制的优雅隐藏集体悲剧的重量"[1]。恐怕,有研究者所言《流亡印象》中的沉默男人角色是"我"的人格投射也不无道理。

《流亡印象》的写作时间是 1939 年 1 月,诗中的历史时间是 1938 年春,彼时内战局势走向尚不明朗,坐在圣殿骑士堂如局外人的"我"和诗人一样还抱有回国的指望和期待,"西班牙死了"的隐忧还只是那个沉默男人的影子含糊的耳语。而在写下这首诗的时候,共和国一方大势已去,幸存的大批知识分子在那个冬天或翻越比利牛斯山或漂洋过海。此时塞尔努达心下明了,归期不再,流亡早在一年前他无知无觉的情况下开始,延伸向无尽。双重时间的叠加之力尤甚,诗人写下关于"去年春天"的诗句,蓦然发现,那是早已事先张扬的流亡。

《云》作为塞尔努达流亡中创作的第一本诗集,其中大部分作品都来自诗人"西班牙意识"的觉醒,但他始终拒绝让诗歌为任何一股政治力量服务,只是将其置于"爱与死亡"的框架下,以私人的情感体验表达具有共性的忧伤与苦涩,从个人视角书写战争与流亡带来的创

---

[1] Rafael Martinez Nadal, *Españoles en la Gran Bretaña. Luis Cernuda. El hombre y sus temas*, p.16.

伤和后果。而他的流亡印象，是两个远走他乡的西班牙人（又或者，
仅仅是诗人与自己的幻影）在异国嘈杂的场合无声的相遇。这种对
私性经验的注重是塞尔努达诗歌中现代语调的表征之一。开始流亡
和步入中年这两个事实在诗集《云》中体现为一种全新的诗歌意识，
塞尔努达从对英语诗歌传统的大量阅读中汲取新的养分，拓宽创作边
界，以期容纳自己现时的经验与思考。塞尔努达对此有过简洁明确的
总结："如果我没有回到英国、学会英语并尽己所能了解那个国家，我
就会错失自己成年岁月里非常重要的一段经历。我和我的诗歌在那
里得到了所需的修正与弥补。我从英国诗歌里学到很多，如果没有对
它们的阅读和研究，我的诗歌会是另外的样子。"[1]

具体到《流亡印象》，就文本的格律面貌而言，全诗46行中7音
节、11音节和14音节(7+7)的亚历山大体占了绝大多数：18行7音
节、15行11音节和6行14音节。尤其在后半首诗中，当写作目的全
面展开、渐入佳境的时候，第4至6节全部是这三种音节诗句的基本
组合，即标准的现代席尔瓦体(la silva moderna)。不过，虽然塞尔努
达使用了这种二十世纪西班牙语所谓"自由体"诗歌中最常见的格
律——没有固定的音节或韵脚分布模式，通过11音节和7音节的交
替与组合为诗歌的音乐性提供保障，《流亡印象》的语词和调性已显
露出诗人对英语诗歌的阅读在其创作成熟过程中留下的烙印。诗人
在《一本书的记录》中回忆他对英语原语大量而系统的阅读始于抵达
伦敦的第一个春天（即《流亡印象》中所写的"去年春天"）："很快，我

---

[1] Luis Cernuda, "Historial de un libro", en *Prosa I*, p.646.

在英国诗歌中找到一些诱惑我的特点：我觉得如果诗句的声音不再尖叫或声讨，如果诗句的语言不再回环往复，少些厚重和浮夸，诗歌的实际效果会更加深刻。简洁的表达为诗歌提供了恰如其分的轮廓，一分不多一分不少……"

西班牙内战爆发后，面对陡然而至的巨大身心创伤，更多的诗人尤其流亡早期选择直抒胸臆的呐喊，用意象和词语的回环重复表达激荡的情绪，用感叹句和疑问句的高频出现抒发痛心与质疑。在这种磅礴的抒情潮流中，塞尔努达的流亡诗歌并无大声疾呼，很少使用词语和句式的回环重复，也很少看见激情昂扬的感叹句和质问连连的疑问句，而是强调用冷静的抒情充分发挥克制的张力。其实，早在1900年乌纳穆诺就提出西班牙传统诗歌的弊端："我们的西班牙诗歌，说到底，就是假诗歌（pseudo poesía），空洞的描述，押韵的雄辩；而形式上，则是布须曼人的音乐，充满鼓点，喋喋不休，节拍盖过了韵律。"[1]乌纳穆诺清楚地指出如果能摆脱上述这些元素，西班牙诗歌会得到一次真正的革新。当时激发乌纳穆诺反思的正是华兹华斯、柯勒律治等英语诗人的作品，三十多年后，也是与英语诗歌的相遇让塞尔努达简洁克制的语言风格日趋成熟，以贴近英诗传统的写作为西班牙语诗歌中同类主题的创作提供另一种表达的可能。

塞尔努达曾在很多年里被他的同胞视为流亡诗人的异类，围绕他不随常流的创作姿态逐渐形成一个"传说"，鼓噪他是"反西班牙"的

---

[1] 转引自 J. A. Valente, "Luis Cernuda y la poesía de la meditación", en *Obras Completas II Ensayos*, pp.132－144.

诗人、对西班牙和西班牙人抱有"激烈的敌意"。然而,生于乱世,诗人的责任可以有很多种表达形式。人们仿佛有意无意地忽略(或是低估)了从塞尔努达流亡中的第一本诗集《云》到最后一本《客迈拉的悲伤》,二十五年的时间诗人为他焦黑的故土写下过多少饱含复杂情感的诗句。晚年时塞尔努达的祖国主题最终演变成对留存于文学艺术作品中的精神西班牙的笃信,这种理想化的前奏正是《流亡印象》中对现实西班牙的巨大失望。整首诗所谈论、所衡量、所判断的"印象"都源自对那个浓稠如眼泪的名字("西班牙")的记忆、神化与幻灭,而末节一句假装平静的论断("西班牙死了")意味着彻底连根拔起的断裂:当现实中的西班牙欺骗了曾经对它抱有幻想的子民,祖国不复存在,从此往后,西班牙只冻结于诗人的过去,不再参与他的未来。

附:流亡印象

那是去年春天,

快一年了,

伦敦,老圣殿堂[1]的大厅

家具古旧。老房子背后,

---

[1] "老圣殿堂"(Temple)是当时塞尔努达经常去的伦敦大学国王学院近旁的圣殿教堂(英格兰现存的四五座属于圣殿骑士团的圆顶教堂之一)一座十二世纪教堂,位于舰队街与泰晤士河之间,是圣殿骑士团的英国总部所在地。距离伦敦大学国王学院所在地最近的地铁站(现已关闭)也以此命名。

窗户冲着远方，
草地中间河水闪着灰光
全是灰的而我疲惫得
像一颗病珍珠的虹膜。

老绅士，老贵妇，
灰尘蒙蒙的羽毛帽；
那头角落里传来窸窣人声，
旁边桌上摆着黄色郁金香、
全家福和空茶壶。
有个影子落下
带着猫的气味，
惊动厨房的嘈杂。

一个沉默的男人在
我身旁。我看见
他狭长的侧影几次
走神从茶杯边缘探出来，
那种疲惫
是死人从坟墓
回到尘世的舞会。

那头角落里

老人扎堆塞窄的地方，

有人的唇间

浓稠如正在落下的一滴泪

忽然吐出一个单词：西班牙。

一种无名的倦意

在我的头脑回旋。

灯亮了。我们离开。

几乎是摸着黑走下长长的楼梯

我来到街上，

转过身,旁边

又看见那个沉默的男人，

含糊地说着什么

陌生的口音,

孩子的口音,衰老的声线。

他跟着我走

却仿佛独自一人,看不见的重压之下

拖着他坟上的墓石；

这时他停了下来。

"西班牙?"他说,"一个名字罢了。

西班牙死了。"

街巷一个突然的转角。

我看着他消失在潮湿的阴影里。

"故乡的土地,越远越属于我?"

——读《故土》

　　1941 年秋,塞尔努达客居牛津,得以短暂地逃离格拉斯哥的阴冷噩梦,据当时与他通信甚密的马丁内斯·纳达尔回忆,这座大学城对塞尔努达而言几乎算得上是失而复得的乐园,他的创作也进入了充沛期。在《一本书的记录》中诗人这样回忆道:

　　从 1941 年的秋冬时节到 1942 年的春天是我一生中诗歌表达欲最强的一段时间,有很多主题和感受渴望在笔下找到出口,有时候一首诗还没写完,另一首的念头已经浮现出来。我时常听人说诗人应该质疑这样多产的时期,我不知道。我自己那个阶段的成果就在这里,无论如何,《仿佛等待黎明的人》大概是我最喜欢的自己的诗集之一。[1]

　　《故土》[2]一诗正是写于这段多产时期开端的那个九月,流亡中第一次体会到静谧与舒适的诗人沿"同一道光"回溯重返生命的起点,是另一片乐园的物候塑造并定义了最初的"我"。第 5 行中"那

---

[1] Luis Cernuda, "Historial de un libro", en *Prosa I*, p.648.

[2] Luis Cernuda, *Poesia Completa*, p.329.

片"（aquella）一词的指向性凸显出时间和空间上的距离感，而"摊开的手"却有迎接的意味，连同后面垂挂果实的柠檬树，共同构成邀请进入记忆的姿态。在他对故乡的记忆里，全无任何大而空的"国家"概念或景观，而是光、气候、植物和动物："柠檬树""泉""青苔""蓝色的花""攀援的草木""燕子"……在他流亡中的另一首回忆塞维利亚的诗歌《古园》中，同样能读到那座南方城市最典型的建筑与植物：

　　再去那紧闭的园，

　　土墙的拱顶后面，

　　木兰，柠檬树间，

　　珍藏水流的甘甜。

　　物候是塞尔努达与周遭世界产生连结的方式——在《别的空气》[1]中他曾说起每抵达一个地方，最先想要知道的就是"那里的树是什么样的"——因而流亡经历夺走他的与其说是"祖国"，不如说是更为具象的东西，是最初激发和滋养他创作（"开过我的眼"）的意象和精神土壤。

　　第四节前两行（第13至14行）写实景，后两行（第15至16行）转入情，从记忆景物切换至现时视角，由最经典的安达卢西亚意象之一——潺潺不息的泉眼——推向童年时的乐园之梦。这一梦境在他此前的诗作中也曾出现。在第一本诗集《空气的侧影》中，当时当刻

---

[1] Luis Cernuda, *Poesia Completa*, p.416.

依然身处乐园的他写过懵懂的梦：

松懒的故土。命运

徒劳地闪光。

静止的水边

我做着梦觉得我活着。[1]

流亡中又在《古园》里叹息过逝去的梦：

又感受到，一如当时，

欲望尖锐的刺，

当逝去的青春

折回。梦里一位无时间的神。[2]

写作《故土》的时候诗人回望当时的梦（第 15 至 16 行），"尚未"（aún no）这个表达暗含了"后来/现在有被腐蚀"的意思。在外静候的未来这一表达会在塞尔努达最后一本诗集中的《玻璃后面的孩子》[3]一诗中复现，只是在那首诗中，《故土》里中性的动词"静候"（esperar）变成了更带有感情色彩的"埋伏以待"（acechar）。

经过第四节从过去到现在的过渡，第五节的叙述者已经完全是从

---

[1] Luis Cernuda, *Poesia Completa*, p.123.

[2] Luis Cernuda, *Poesia Completa*, p.297.

[3] Luis Cernuda, *Poesia Completa*, p.492.

现实中写作,当初的一切重回,时间的洪流不可逆,记忆变成匕首,内战与流亡的尖锐刺穿胸膛,如多年以后同样来自安达卢西亚的后辈诗人加西亚·蒙特罗在死于流亡路上的马查多墓前写下的诗句:"月光抵达大海,/大海抵达塞维利亚,/我们抵达记忆/抵达这苍白的,/赤手空拳的情绪/共同承担一场失败。"有了此处的铺垫,最后一节到达整首诗情绪的顶点,出现了塞尔努达诗歌中鲜有的连问句,而无论"拔去"的根、"赢走"的爱,还是"忘记"的梦与回忆,动词全部使用的现在时,意味着内战的影响遗留至今,依旧是无根,依旧是失败,依旧是没有记忆。

直到最后一节过半的时候,这首诗依然并未超过通常的怀国思乡之作的范畴,塞尔努达对去国之痛的慨叹并非指向普遍意义上的西班牙,而是针对自己的身体与故乡安达卢西亚、与南方这个精确地理位置之间的分离。这一点确实在与塞尔努达同代的其他流亡安达卢西亚诗人笔下亦能读到,他们将对待世界及自身的态度与特定物理环境中的特定情感体验联系起来。例如出生于安达卢西亚南端城市加的斯的阿尔贝蒂同样在内战后被迫举家前往阿根廷,成为大洋彼岸流亡者中的一员。1953年,归期未有的他在大西洋美洲的那一岸远眺看不见的故乡,写下《大海之上,写自大西洋的美洲岸边》,同样是一个人和他的故乡之间的私密时刻,正如塞维利亚的土地、柠檬树与燕子之于塞尔努达,历经战乱与颠沛的阿尔贝蒂将思恋与爱寄于加的斯的大海:

哦加的斯,但凡今天,我能

在你岸边,紧靠你,深埋你的根,

对你说话一如当时，

那时我曾赤脚走过你绿色的海岸

闯进你的大海抢走海螺海藻！

我应得如此，我知道你都明白，

这些年里我带你一起，

几乎每天歌唱你，

把发生在我身上所有幸福、

光明的东西都叫做加的斯。

然而《故土》中近似的富于柔情和怀恋的表达放在塞尔努达的作品里乍读起来却令人将信将疑。诚然，在写于 1934 年的散文《浪漫主义安达卢西亚漫游记》[1]中，塞尔努达细致描摹了他对那片南方土地的乐园想象：

我要坦言，我喜欢的乐园就是我的眼睛能望见澄澈的海，以及这世界上耀眼的光；那里的身体都年轻、黝黑、轻盈；时间在棕榈树宽大的叶片和南方花草慵懒的香气当中无知无觉地滑过。这样的乐园，在我看来，最可能出现在安达卢西亚。要是问我安达卢西亚是什么，有哪个词语能代表安达卢西亚光彩夺目的面庞上集结的千种情绪与可能，我会说是：快乐。

---

[1] Luis Cernuda, *Prosa I*, pp.82－102.

然而,在同一篇文章中诗人也承认这样的幻梦与热望终究会以破灭告终,哪怕彼时彼刻,他心有所属的乐园也是指同在安达卢西亚大区的海滨城市马拉加(他在那里有过几个美妙的假期),而非自己实际上的故乡塞维利亚。在西班牙的那些年里,诗人难以忍受故土的闭塞气质,塞维利亚是他始终想要逃离的牢笼和深渊。父母相继离世后,1931 年塞尔努达彻底离开家乡后曾经在日记本上写下:"回想我在塞维利亚的那些年,丢失的时光,空荡荡的感觉,悲伤,那些年不曾属于我,也不属于任何人。"[1]在《故土》中诗人并未提及大海或棕榈树等真正对他而言象征着安达卢西亚伊甸园的意象,而是实实在在写着塞维利亚城的种种,这样的变化在全诗的最后一行方才真正显出真身:"故乡的土地,越远越属于我?"

流亡途中塞尔努达再回忆起的塞维利亚其实可谓是一个理想化的、对乐园般童年的假象记忆。距离为记忆提供了美化的滤镜和不同的视角。诗人对故土突如其来的深情同样也是遗忘所致的结果。此外,塞尔努达《一本书的记录》中亦有一段似可作为《故土》末行的注疏:

1928 年 7 月,我的母亲去世(父亲已经在 1920 年辞世),9 月初,我离开塞维利亚。自由的感知令我沉醉。那时我已对故乡心生厌倦,甚至直到 30 年后的今天,我依旧无意回归。城市,就像诗歌,像人,需要时间的跨度才能说完想说的故事,而当这些过去,我们就会疲倦。

---

[1] 塞尔努达日记,1931 年 4 月 7 日。(Luis Cernuda, *Prosa II*, p.754.)

只有我们和城市的对话被打断时,才会有重新回归的意愿。试想每天醒来永远看到同样的面孔? 同样的景物? 同样的街道?[1]

　　正因为有了最后一行的发问,《故土》不再仅仅是一首流亡者去国之痛的怀乡诗作,而更增添了一层对时间、距离、记忆和人的情感变迁的反思。在后来的诗作中,塞尔努达还对"土地(国家)"(tierra)所代表的意义有过其他阐释。在由十六首情诗组成的小辑《献给一个身体的诗》中,塞尔努达写下:

我的国家?
我的国家是你。

我的人民?
我的人民是你。

流亡和死亡
对我就是
你不在的地方

我的生命?
告诉我,我的生命,

---

[1] Luis Cernuda, "Historial de un libro", en *Prosa I*, pp.632-633.

若不是你,是什么?[1]

延续着贝克尔"诗就是你"的浪漫主义传统,塞尔努达心中故土与欲望的客体同样画上了等号,或许又为《故土》末行的解读提供了新的层次。

附:故土

致帕基塔·G.德拉·巴尔塞纳

是同一道光开过我的眼,
轻柔温凉像一场梦,
琉璃的色彩里平静地
照出事物纯粹的样子。

那片平坦土地的魅惑
伸出一只摊开的手,
当时泉上的柠檬树
还有果实挂在枝间。

午后老墙的青苔底下

---

[1] Luis Cernuda, *Poesia Completa*, p.478.

开过明蓝色的牵牛花，
夏天的燕子总是回到
墙头上旧日的巢。

泉水的低语沉默着
用庄严的乐声滋养
尚未被生活腐蚀的梦，
未来静候如空页。

全都活生生重回脑海，
时间前行一切不可修复，
唯有回忆穿透我的胸膛
锐利果敢的匕首。

绿枝的根，谁拔去了？
最初的爱，谁赢走了？
你的梦和回忆，谁忘记了，
故乡的土地，越远越属于我？

"谢谢你告诉我人是高贵的"

——读《1936 年》

　　1936 年,决断之年。西班牙内战爆发,时代的洪流席卷而过,个体的命运被裹挟其中,几乎无能为力。8 月 19 日,洛尔迦被长枪党所杀;短短三天后,塞尔努达的另一位好友、马拉加诗人伊诺霍萨与哥哥、父亲一起被内战中的另一方处决;当叛军在萨拉曼卡大学的开学典礼上朝着西班牙现代文学的巨人乌纳穆诺咆哮"知识去死"并得到山呼海啸的应和时,人们不得不悲凉地看见,这场内战与其说是一场孰是孰非的政治较量,不如说是对人性和信心赤裸裸的考量。多年以后,塞尔努达在回忆录中写道:"1936 年底到 1937 年初的那些漫漫冬夜,我在马德里,听着落在大学城的轰隆炮火,读莱奥帕尔迪",洛尔迦悲惨的死亡从来没有离开他的脑海,甚至,在离开西班牙后的很多年里,他还是反复做着同样的噩梦:看见自己被人稽查和追杀。[1]

　　可以说,1936 年意味着一场盛大的集体死亡(身体上抑或精神上)降临在"27 年一代"诗人身上,那年以后,正值创作巅峰的他们生死两隔、四散飘零,如阿莱克桑德雷所言:"他们都离开了,所有人,同

---

[1] Luis Cernuda, "Historial de un libro", en *Prosa I*, pp.643 – 644.

时一起离开,走向不同的方向。"塞尔努达辗转英国、美国,距离那个宿命扭转的年份已过去四分之一个世纪的时候,他已定居墨西哥,一次偶然的机会,1961 年 12 月 6 日,受邀在旧金山举办两场诗歌朗读会。当晚 8 点的那一场结束后,一位曾经作为"林肯旅"的一员在西班牙内战中为共和国一方而战的美国老兵走上前来与诗人交谈。几天后,塞尔努达在给奥特罗的信中回忆了那天的事:"我看着他,看见的是一个为理想奋斗的人,令我不住感动,想到当年他是如何去到完全陌生遥远的土地,因为信仰一个有尊严的理由而参与战斗,愿意付出生命。我们现在怎么看待当时种种已不再重要,唯一重要的是曾经有像他这样的人把勇气和信仰放在当时的西班牙身上。"[1]写完这封信的第二天,塞尔努达开始写作《1936 年》[2]。

全诗以劝诫语气的诗句开篇,并在第一节的末行加以重复:"你要记得也要让别人记得"——不仅是对自己说,也是要提醒"别人"。这不仅是对于过去的战争时代的反思,更是对深陷独裁统治中的西班牙人此刻及未来再度面临尊严与精神危机的警言。1959 年以来,西班牙借着冷战格局的大背景重新打开国门,如织的游人和美国总统首次访西之后提供的援助让西班牙的经济局面一时间稳定兴旺,内战结束后最初二十年里暗潮涌动的革命可能性就这样在安居乐业的愿景下彻底销声匿迹。这片土地上沉默的大多数人心里都清楚,西班牙的新时代只有捱到佛朗哥去世才有到来的可能了。在这样维系着的平

---

[1] 1961 年 12 月 10 日,塞尔努达给奥特罗的信。(*Luis Cernuda. Epistolario 1924 - 1963*, p.983.)

[2] Luis Cernuda, *Poesía Completa*, pp.544 - 546.

稳繁荣假象当中,当内战成为历史书上轻描淡写乃至经过篡改的名词,塞尔努达远在大洋彼岸的同胞们恐怕确实需要一点提醒,多年以前,当人类的卑劣、残暴摧毁信心的时候,还有"这个人"作为个体的行动和信念值得铭记。第一节作为引子或序章,全诗关键词 solo/a(独自一人的,光是,单单是)在第 4 行三次出现:"单单这个人,单单这行动,单单这信念",可以说,从一开始塞尔努达就强调个体的重要性,历史并非面目模糊的芸芸众生熙攘涌动的混沌,而是千千万万拥有头脑、精神力和独特面孔的个体的人集合而成的叙事。

这样的思路在第二至三节对具体激发这首诗的来源记述中得到进一步体现,距离内战爆发四分之一个世纪之后,一位流亡中的西班牙诗人在他素来厌烦的公众场合遇见了当年为他的祖国冒险斗争的老兵。二十五年后,诗人在老兵的祖国听见对方谈论当初的信念:相信那个事业、那个理由值得为之斗争,哪怕付出生命也在所不惜。这令人不禁想起邹宁远和倪慧如在《当世界年轻的时候》中用以描述 13 位跟随"林肯旅"前往西班牙的中国志愿军人的话:"其实他们用不着去参战,那是一个陌生国家的战争。这场战争不能为他们的家乡带来荣耀,他们还是不顾一切走进了西班牙死亡的阴影里。"与老兵的相遇给了诗人重新审视过去的契机。他同样在内战之初抱有过让自己"有用"的理想,甚至口袋里装着荷尔德林的诗集作为义务民兵上过前线[1],后来在回忆录中他写道:

---

[1] Antonio Rivero Taravillo, *Luis Cernuda. Años españoles* (1902 - 1938). Barcelona: Tusquets ediciones, 2009, p.359.

战争初期,我原本坚信西班牙不公正的社会的确亟待重整,所以随着大变革的来临,我以为这些斗争冲突会给未来带去希望,未曾意识到其中的恐怖。在与西班牙的赤诚相见中,我一方面看到永生不死的西班牙式反击,当初,它在自己无知、迷信、严苛的中世纪,也是这样存活下来;另一方面,仅仅是我的一厢情愿,我看到属于西班牙青年的机会来了。后来,真正让我震惊的不只是自己居然能安然无恙地逃离那场大屠杀,更是我当初竟然完全没有意识到自己身处一场大屠杀之中,哪怕它就发生在我身边。当时,我从未那样渴望过自己能有用处,能做些事。[1]

1937 年 4 月他结束在巴黎的短暂使馆秘书工作以后直接前往当时共和国政府的指挥中心所在地巴伦西亚,住在团结青年会为他找的小房间里,与《西班牙时刻》《蓝色工装》等著名左翼报刊及电台合作,始终保持着"警醒而忠实"(despertado y leal)的态度。同代知识分子玛丽亚·特蕾莎·莱昂后来在回忆录中这样总结内战初期塞尔努达的立场:"他百分之一百是和我们(共和国)站在一起的。人们总是说他藐视这个世界,说他的诗歌语调是撕裂般的孤独,与周遭世界不相适应。也许是吧,但是有过那样几年,他相信自己的救赎与所有其他小人物的救赎是联系在一起的——那些不计其数的人在感受到连自己的贫穷都遭受攻击时举起了武器反抗。"

---

[1] Luis Cernuda, "Historial de un libro", en *Prosa I*, p.643.

只是那个曾经在"台灯下面对书里的版画,／梦想革命"(《悲叹与希望》[1])的孩子,那个哀叹地目睹"整个大陆的商贩和历史通／窥伺等待这个疯癫的国家,等着它／陷入败局,孤零面对命运"(《悲叹与希望》)的青年,最终看着以为的史诗变成挽歌,二十五年后西班牙仍然在佛朗哥统治的深渊里徘徊,"那时的事业似乎已失败"(第 20 行),可是"这算不得什么"(第 21 行),哪怕经过失败和"背叛"(第 31 行),哪怕如他在回忆录中所言,看清了"在那个欺骗了我的西班牙,根本没有一线生机"[2],唯一重要的是当时当刻曾经有过"那事业高贵并值得为之奋斗"(第 28 行)的感受,"重要的是一个人的信念,这已足够"(第 25 行)。就这样,一个外国人曾经放在那个已不复存在的西班牙之上的信仰让塞尔努达时隔二十五年的光阴,剥离后来所有因此而生的失败与痛苦,重新审视和评判自己在内战中的强烈体验,再度看见一切的高贵之处。因而最后一节感谢老兵提醒自己"一个,一个人就足够／无可辩驳地见证／整个人类的高贵"(第 37 至 39 行)。

最后三行让《1936 年》成为塞尔努达诗歌自画像的重要组成部分,他始终认为诗歌应该要做到的事恰恰是:提醒人类他自身的存在中最美、最高贵、最真实的东西。与此同时,对他而言个体的意义往往重于群体的价值:爱人的目光和想象可以创造世界及其中的一切("我知道你并不存在于／我脑海以外的世界。""我只觉得,／我的爱创造了你;就像树,／像云,像水／它们就在那里,只是／我们的,只来自我

---

[1] Luis Cernuda, *Poesia Completa*, p.268.

[2] Luis Cernuda, "Historial de un libro", en *Prosa I*, p.643.

们"），加尔多斯一个文人的笔触可以敌得过整个西班牙的价值丧失（《西班牙双联画》[1]），一个从书架上取下《堂吉诃德》打开阅读的动作可以象征永恒——"这才是西班牙。墨水写就的西班牙（España en tinta)。"——而一个人的信念可以是整个人类高贵的见证。

透过历史的棱镜看过去，这首诗中记述与感叹的远非国际纵队西班牙往事的全部。当时西班牙内部并不止是长枪党与共和国军的对峙，而是民粹主义者、共产主义者、自由派社会主义者、安那其主义者等多重意识形态的混战，个中矛盾并非单纯的"反法西斯斗争"可以概括。但是对从世界各地前来的数以万计的国际纵队志愿者而言，正如塞尔努达诗中所写，在来到西班牙之前，他们对这个"遥远奇异"的国家几乎没有了解，当时，他们各自的国家都深陷经济和政治危机的泥潭，西班牙这片土地提供了建造一个乌托邦的可能，成为所有人最后的希望之地。后来将22岁的生命留在了伊比利亚半岛的英国诗人约翰·科恩福德甚至称这场战争为"好的"（This is a fine war）。他们不齿于己国的不干预政策，如1938年1月加入国际纵队的英国艺术家克莱夫·布兰森在题为《1936年12月，西班牙》的诗歌中写下的："那样的时刻我们竟不能听到/这让充耳不闻与和平成为更加血腥的罪行。"在刚刚抵达西班牙的日子里，有无尽的希望被投射在这值得为之奋斗乃至献出生命的事业（la causa）上。现实却很快给了他们当头一击。

伦敦政治经济学院西班牙近现代史专家保罗·普莱斯顿为他所编撰的西班牙内战中的外国记者与文人实录取名《我们看见了西班

---

[1] Luis Cernuda, *Poesia Completa*, pp.501－504.

牙死去》,这本书的西班牙语版书名翻译成《子弹下的理想主义者》。来到西班牙战场的外国志愿者中,许多人的理想后来都在这片土地上破灭,正如奥地利社会学家柏克瑙在他的西班牙战时日记开端所写,"欢呼、失望乃至幻想的破灭就是革命史的组成"。许多国际纵队的志愿者在西班牙战场上都有过令他们迷惑、震惊,乃至自我怀疑的经历,这一点在乔治·奥威尔的《向加泰罗尼亚致敬》中多有体现。而在阿拉贡地区跟随那里的安那其武装作战的西蒙娜·薇依亲眼目睹了对一个年轻长枪党的处决之后在日记里写道:"我们沾了太多血了。我是道德上的共犯。此时此刻发生的非人道的案例与自由主义理想是完全背道而驰的。"[1]几个月后,在给乔治·贝纳诺斯的信中,薇依写道:

也许的确恐惧在这些屠宰场般的无用杀戮中扮演了重要角色,但是我不觉得恐惧是什么重要的因素。我的理论是,一旦任何临时的或者精神上的政权决定了某些人的生命是缺乏价值的,对人类而言杀戮是再自然不过的事了。一旦人类知道他们可以杀人而不必害怕报复与惩罚,他们就杀起人来,或者至少是用赞同的微笑鼓励这一行为。[2]

在内战爆发初期即来到西班牙的斯蒂芬·斯彭德后来对那段经

---

[1] Andrés Trapiello, *Las armas y las letras：literatura y Guerra civil（1936 - 1939）*, Barcelona：Austral, 2019, p.368.

[2] Andrés Trapiello, *Las armas y las letras：literatura y Guerra civil（1936 - 1939）*, pp.368 - 369.

历讳莫如深不愿谈及,而在瓦伦西亚前线开过几天救护车的奥登在晚年甚至因为自省 1937 年写作《西班牙》一诗时不够真诚(并不真的相信其中表达的思想)而执意将这首流传甚广的代表作从诗合集中删除。那首诗中,奥登写下:

"你们想干什么?建立正义的城吗?好,

我同意。或者立自杀公约,浪漫的死亡?

那也不错,我接受,因为

我是你们的选择和决定:我是西班牙。"

(……)

许多人听到这声音在遥远的半岛,

在沉睡的平原,在偏僻的渔岛上,

　　在城市的腐败的心脏,

随即像海鸥或花的种子一样迁移来。

他们紧把着长列的快车,蹒跚驶过

不义的土地,驶过黑夜,驶过阿尔卑斯的

　　山洞,漂过海洋;

他们步行过隘口:为了来奉献生命。[1]

---

[1]《穆旦译文集》(第 4 卷),第 487 页。

　　从上述几节不难看出,这首后来被奥登自我否定的诗作和塞尔努达的《1936 年》有某些共通之处。然而《西班牙》写于内战爆发第二年,奥登尚且无从预知其后种种,《1936 年》却是写在四分之一个世纪以后,诗人虽然没有否认幻灭的发生,基调和重心却存在明显的偏移。这种书写的片面性,让我们更为清晰地看到他的作品其实是对自己的个体身份及记忆持续建构与再确认的过程。《1936 年》是他写过的最后一首西班牙及内战主题的诗作,个中情绪与他其余西班牙主题写作大相径庭,展现出为了逾越强烈的怀疑主义而反复整理、审视过去的努力。虽然当初种种带给他流亡,带给他人生与文学上不可修复的伤害,临近生命尾声的他还是想说服自己,失败了不要紧,重要的是那个理由是值得的,重要的是曾经相信过的信念是人类高贵的见证。他并非不知道史实远比这首诗中的推论复杂,可是若不能这样说服自己,他该如何自证二十多年的流亡、如何相信那些苦痛有其值得之处?

　　塞尔努达开始写作《1936 年》的时间是 1961 年 12 月 11 日,几经修改后定稿的日期则是 1962 年 4 月 22 日,是他一生中最后定稿的两首诗之一,另一首是最终给了他最后一本诗集《客迈拉的悲伤》苦涩结尾的《致同胞》[1]。这两首塞尔努达生命里最后的诗歌对应了诗人内心深处对于个人与集体历史爱恨交织的感情。《1936 年》关乎改变他人生的最大的外部历史事件,而《致同胞》的主题则回到早年初出茅庐遭遇的敌意,以格外艰涩的笔触"声讨"了远在伊比利亚半岛的同行:在世的大半时间他都处于被西班牙诗坛边缘化的状态,许多

---

[1] Luis Cernuda, *Poesia Completa*, pp.546 - 548.

文学史与评论文章对他避而不谈,不少同时代的西班牙诗人和评论家都反复将他定位为"性格怪异""不易相处"……这些都是贯穿他一生的命运困境。最终,同一天定稿的两首诗,塞尔努达没有选择以《1936年》作为毕生作品的尾声,而是将其排在倒数第二首,用了《致同胞》做结,让句点落在了被爱之不可能和对被遗忘乃至被误读的恐惧上。

《客迈拉的悲伤》中的最后六首诗,初稿都是在 1961 年 9 月至 1962 年 4 月的洛杉矶写完的,当时诗人已经感受到年岁带来的疲惫、不支与干涸。在那之后,直到 1963 年 11 月 5 日的清晨他突发心脏病去世,塞尔努达写诗的笔已然静止了。如同回光返照,去世前半年最后一次离开美国回墨西哥的时候,塞尔努达在火车站问前来送行的朋友:"你说,如果,我回去西班牙的话,他们会接受我吗?"然而,他所经历的精神流亡恐怕远比二十五年的实体流亡更为长久吧。那是一种在任何地方都是"他者"的孤独,一如帕斯的感叹:

> 塞尔努达在五大洲流浪,始终只是活在自己的房间,和同样的人说话,这样的流亡是我们所有人的流亡。这一点塞尔努达并不知道——他太过内倾,太过沉浸在自己的独特里——但是他的作品其实是对现代人确实独一无二的处境最令人印象深刻的证词:我们注定要活在一种混居的孤独之中,我们的监狱和整个星球一样大。没有出口也没有入口。我们从同样的地方走向同样的地方。[1]

---

[1] Octavio Paz, "La palabra edificante" en *Luis Cernuda. El escritor y la critica*, pp.138‑160.

附：1936 年

你要记得也要让别人记得，

每当为人类的卑劣而恶心，

每当为人类的残暴而愤怒：

单单这个人，单单这行动，单单这信念。

你要记得也要让别人记得。

1961 年在陌生的城市，

四分之一个世纪

过去。无足轻重的场合，

你被迫当众讲话，

因此有机会和那个人交谈：

一位老兵

来自"林肯旅"[1]。

二十五年前，这个人，

不了解你的国家，对他来说

再遥远奇异不过，却选择到那里

并在那里，如果时机来到，决心献上自己的生命，

---

[1] "林肯旅"（la Brigada Lincoln），即"第十五旅"，是西班牙内战中一支由英、
美、加等国志愿者组成的国际混编旅，曾参加"埃布罗河血战"等七场大战。

相信那里冒险的事业

在那时，值得

为之斗争，这信念充满他的生命。

那时的事业似乎已失败，

这算不得什么；

有太多人，在其中火热一时

实际只为了自己的利益，

那更不值一提。

重要的是一个人的信念，这已足够。

因此今天你又找回

当初的感受：

那事业高贵并值得为之奋斗。

他的信念，那个信念，依然存留

经过这些岁月，这些失败，

当一切仿佛已背叛。

然而那信念，你告诉自己，是唯一重要的东西。

谢谢，伙伴，谢谢

这榜样。谢谢你告诉我

人是高贵的。

就算高贵的人实在不多：

一个,一个人就足够

无可辩驳地见证

整个人类的高贵。

拓展阅读

梦死亡

像一朵白色的玫瑰

光环藏在暗处眼睛看不见；

像一种白色的欲望

面对坠落的爱隐匿地举高；

像一团白色的火焰

一次次把身体的谎言变回空气，

孤零的白天与沉默的黑夜里

你走过，永恒的影，

一根手指竖在唇间。

你从白色的云里走过，为它镶边的神火

已化为透明的翅膀；

你从白色的山坡走过，河谷里

那黑杨木，神秘的绿色猎犬，守夜不眠。

你从人类白色的身影里走过

他们活着忘记梦与疯狂；

你走过所有，谜一样的影，

你轻轻发出声响，

像一滴水熔进生命的热度。

当我望着白色的青春坠落，

在灰色的时间里染污破碎；

当我看见白色的真理

被野望的手和雄辩的嘴背弃；

当我感到白色的灵感遗失于痛苦

历经一个个过去的艰难世纪，

那时我只相信你，广袤的影，

你的柱廊那阴沉的爱神木后面

有世上独一清晰的真实。

《梦死亡》写于 1937 年秋天，收录于《云》。当时，西班牙内战爆发已逾一年，塞尔努达经历过马德里连天的轰炸，见识了真实的死亡。诗中第一节与最后一节三种白色——对应：玫瑰——青春；欲望——真理；火焰——灵感。而死亡贯穿其中，如影相随，变成了唯一清晰的真实。此外，第一节末行化用自西班牙浪漫主义时代的大诗人贝克尔《诗韵集》中的诗句：

石块一头
坐成一列的
两个天使，
手指放在唇间
示意静默

塞尔努达在散文诗《诗人》里也描写过埋葬贝克尔遗骨的塞维利
亚大学礼拜堂里做出同样动作的雕像：

多年以后，当他在不幸中显然已有能力崇拜、爱和写诗，阿尔巴尼
奥很多次走进那座礼拜堂，在一个角落驻足。石拱门下天使一手捧
书，一手举在唇间竖起一根手指，示意静默。

只是在《梦死亡》中，死亡取代了天使，让一切噤声。

拉撒路

破晓时分。
石头被艰难地移开，
因为使它沉重的不是物质
而是时间，
一个平和的声音响起

呼唤我,好像一位友人在呼唤

当有人落在后面

行路疲乏,垂下影子。

那时有一阵长久的静默。

目击者们这样说。

我只记得那寒冷

奇特的寒冷

从深深的地下萌生,随着

半梦半醒间的不快,缓缓

将胸膛唤醒,

坚持几下轻微的搏动,

渴望温暖的鲜血返回。

在我的身体里疼痛着

一种真实的疼痛或梦中的疼痛。

这是又一次的生命。

当我睁开眼睛

是苍白的曙光道出了

真情。因为那些

期盼的面孔,呆呆地望着我,

咀嚼着一个次于神迹的模糊的梦幻

好像阴沉的羊群

追随的不是声音是石头，
我听见他们额头的汗水
沉重地滴落在草丛里。

有人在说着
关于新生的言语。
但那里没有母体的血液
也没有受孕的腹部
在痛苦中产生新的痛苦的生命。
只有宽宽的绷带，暗黄的麻布
散发着浓重的气味，敞露出
灰色松弛的肉体如同腐败的果实；
并非光润黝黑的肌肤，欲望的玫瑰，
只是一具死亡之子的身体。

绯红的天穹向远方伸展
在橄榄林与小丘的后面；
空气里一片宁静。
然而那些身体在颤栗，
仿佛风中的枝条
从夜幕后伸出手臂
把它们贫瘠的欲望献给我。
光线令我不安

一感到死亡的慵懒

便把脸庞埋入尘埃。

我曾想合上眼帘

寻求空旷的阴影，

初时的黑暗

它的源泉深藏于世界之下

为记忆洗去羞耻。

当一个痛苦的灵魂在我心深处

叫喊，在体内昏暗的巷道里

回荡，不堪忍受，颜色更变，

直撞上骨骼的墙垣

在血液中掀起火热的晕眩。

那以手擎灯

见证神迹的人，

突然熄灭了火焰，

因为白昼已与我们同在。

一道短暂的阴影降下。

于是，在前额下我看见一双深邃的眼睛

充满怜悯，我在颤抖中发现一个灵魂

在那里我的灵魂被扩展到无限，

凭着爱，世界的女主人。

我看见一双脚踏在生命的边界，

褪色起褶的长袍

边缘，滑落

直蹭在墓穴边，仿佛一只翅膀

预备上升追逐光线。

我再次感到生命的梦幻

疯狂和过错，

痛苦的身体日复一日。

但他已向我呼唤

除了跟随我别无选择。

因此，我站起身来，默然前行，

虽然一切对我而言都显得奇特而空虚，

我同时在想：他们应该这样

在我死的时候，默然将我埋葬。

家在远处；

我又看见那白墙

和菜园里的柏树。

屋顶上有一颗暗淡的星。

里面没有灯光

炉灶覆满尘土。

饭桌上所有的人都围着他。

我见到苦涩的面包,无味的水果,

不新鲜的水,无欲望的躯体;

手足情这个词听来虚假,

关于爱的形象只剩下

模糊的回忆在风中。

他知道一切在我里面

已死亡,我是一个行走

在死人中的死人。

我坐在他右边好像

一位归来的旅人被款待。

他的手在一旁

我朝着那手低下头

带着对我的身体和灵魂的厌恶。

我这般无声地祈求,就像人们

向上帝祈求,因为他的名字

比庙宇,海洋,星辰更加广阔,

在一个孤独的人的无助里

盛放重新生活的力量。

我这般恳求,含着泪水,

祈求力量在忍耐中承受我的无知,

努力,不是为了我的生命或我的灵魂,

是为了此时此刻那双眼睛里闪现的

真理。美是忍耐。

我知道那野地里的百合花

在无数夜晚卑微的黑暗之后

经过地下漫长的等待，

从玉立的翠茎到洁白的花冠

有一天在凯旋的荣耀里破土而出。

　　《拉撒路》写于 1938 年 12 月 17 日，收录于《云》，是一首以圣经中死而复活的拉撒路为人物原型创作的戏剧独白诗。新约圣经《约翰福音》11 章第 1 至 44 节中记载，当耶稣基督抵达伯大尼，死去的拉撒路已被埋入坟墓四天，周围的犹太人都因一切为时已晚哭泣。耶稣为众人的小信悲叹乃至忿怒[1]落泪，却连这泪水都被误读。于是他走到坟墓前，让人挪开石头，举目望天祷告，再大声呼叫拉撒路，那死人就出来。与福音书中其他神迹的叙事特点类似，圣经中拉撒路故事的叙述重点在耶稣基督的所行所言所想，拉撒路并无一言一语，复活过程只有最后一句：耶稣大声呼叫拉撒路，"那死人就出来了，手脚裹着布，脸上包着手巾"。而塞尔努达的《拉撒路》叙述重点和阐释的出发点正是拉撒路复活时的心理活动。全诗共十二节，耶稣对拉撒路的呼唤出现在第一节，拉撒路走出墓穴在第九节，塞尔努达在《约翰

　[1] 中文和合本译作"心里悲叹"之处，马丁路德在十六世纪译成德文时译成"他心里忿怒"之意，影响一部分同时代及后世释经者认为，此处不单指耶稣"心里悲叹"，也用以表达他"内心的忿怒"。

福音》区区两句话的记载（"就大声呼叫说'拉撒路出来！'"和"那死人就出来了"）之间加入了八节篇幅的大胆想象和细致描摹。在诗人看来，被复活者的心情远不是纯粹的欢喜至极那样简单，所以他将戏剧冲突点放在拉撒路在墓穴中对是否走出墓穴的抉择——当重生的拉撒路看到自己的肉体和死前一样，看到眼前的世界也与死前无异，当他知道自己走出墓穴就要面对痛苦如昨的生活，他会不会犹豫？

塞尔努达的这一人物选择和情节设计绝非闲笔，而是与他当时的个人体验密不可分的。在《一本书的记录》中他回忆过《拉撒路》的由来：

> 《拉撒路》是我最喜欢的作品之一，我想通过这首诗表达自己体会到的"惊喜的破灭"，好像死人得到又一次生命。毫无疑问，我在克兰雷学校周围的原野上遇见过的那些学生，有很多都在随后几年死于第二次世界大战，他们和所有其他死于战火的人一样，名字早已被刻上墓碑，《慕尼黑协定》只是推迟了注定的死亡。而对沮丧的我而言，萨里郡的那片校园代表了我对我的故土、我的家乡和我的西班牙朋友们刻骨的思念。[1]

死而复活的主题是塞尔努达对死亡与生存的思考的真实写照。内战和流亡带来的毁灭性打击让塞尔努达把死亡视为痛苦生命最后的救赎和安慰，与此同时，诗人又想用积极的心理暗示来保持心底仅

---

[1] Luis Cernuda, "Historial de un libro", en *Prosa I*, p.646.

存的一点希望的火光。所以在《拉撒路》中,塞尔努达为拉撒路设计了一条由失望到希望的心理变化轨迹,可以看做是诗人自己在内战爆发之后的心路历程。复活时分,拉撒路"似乎在抱怨自己被从墓地的安息平静中叫醒、再次回到空荡生命的痛苦中,他觉得自己的重生是个巨大的错误"。1946 年,阿尔托拉吉雷在题为《唤醒塞尔努达》的评论文章中写道:"拉撒路的复活是灵魂的觉醒,诗人自己灵魂的觉醒,从那时起有一颗星可以追随,是唯一的、真实的希望。"

全诗末尾定格在对最辉煌瞬间的想象与憧憬里,仿佛内战硝烟燎烧的焦黑土地下面,也有无数的种子在等待春天。写作《拉撒路》时塞尔努达流离故土之外已近两载,从国内不时传来可能和平休战的流言,有时又是国际纵队即将弃西班牙于不顾的消息,虚实之间诗人努力说服自己保有尚未熄灭的信心。从《拉撒路》的最后两节可以明显感受到诗人在借拉撒路之口给自己积极的心理暗示,然而这样的信心与其说是发自内心深处的坚定,不如说是诗人浪漫的绝望和"一厢情愿"的体现。

城市墓地

围墙里打开的铁栅后面,

黑土地没有树没有草,

那些木凳下午会有

几个老人安静地坐下。

周围是房子,附近有商店,

孩子在街头玩耍,火车

路过坟墓旁边。这是个穷街区。

窗口挂着雨水打湿的破布,

像灰色立面上的斑点。

石板上刻字都已模糊

下面是两个世纪前的死人,

没有朋友可以忘记他们,秘密的

死亡。不过等太阳醒来,

六月之前会有几天阳光明媚,

地底的老骨头也该感觉到点什么。

没有一片叶子没有一只鸟。只有石头。土地。

地狱就是这样吗?无法忘记的疼痛,

带着嘈杂和悲哀,漫长无望的寒冷。

这里不存在死亡

安静的睡梦,生命还在

坟墓间搅扰,像一个妓女

在静止的夜空下追她的生意。

阴云密布的天空落下暗影,

工厂的烟雾在灰色

粉尘中平息。酒馆传来声音,

然后有一列火车路过，

摇晃着长长的回声像怒气冲冲的黄铜。

这还不是审判，无名的死人。

平静下来，睡吧；要是可以就睡吧。

大概上帝也忘了你们。

《城市墓地》写于 1939 年 7 月 18 日，收录于《云》。塞尔努达以
格拉斯哥一处穷街区的墓地为背景，工厂、火车、妓女等意象构成了有
代表性的现代城市空间，而塞尔努达在死寂的坟墓间创造出一个被生
命无休止的搅扰和纠缠的死亡世界。

西班牙内战的结束仅仅意味着更漫长独裁的开始，回归已不可
能，欧洲也将陷入更大的灾难当中，已经有许多人、未来还将有很多人
被无名地埋葬。

古　园

再去那紧闭的园，

土墙的拱顶后面，

木兰，柠檬树间，

珍藏水流的甘甜。

再听因鸟啼树叶

而鲜活的寂静

空气温和的低语，

飘浮古老的灵魂。

又看远方的深邃

天际，瘦塔

像手掌上的光之花：

万物恒久美丽。

又感受到，一如当时，

欲望尖锐的刺，

当逝去的青春

折回。梦里有位错时的神。

《古园》写于 1939 年 9 月 13 日，收录于《云》。流亡格拉斯哥的塞尔努达回忆起故乡塞维利亚皇家阿尔卡萨尔城堡里的花园，青年时代他常在阿尔卡萨尔散步，也是在那里第一次见到诗坛前辈希梅内斯。诗中无论土墙、木兰、柠檬还是瘦塔都是塞维利亚最具特点的标志。塞尔努达去世后，来自他家乡的诗人罗梅罗在悼文中写道："在他所有的作品里，都不曾点名提及这座城市，但是，塞维利亚就在那里，无数次，以不同的形态默默被提起。"这首诗中古老的花园也可算作是其中一种形态吧。

几年后，塞尔努达创作了一首同题散文诗，个中情绪几乎是早前这首诗的扩写，摘录于此，似可互文而读。

古　园

首先穿过昏暗的长廊。尽头,透过拱顶透出花园的光线,闪耀的金色染上叶子与池水的碧绿。这道光被关在铁栏杆后面,倾泻而出的时刻,像流动的翡翠一样闪光,稠密,平静,神秘。

然后在阶梯上,台阶旁边有两株高大的木兰,树枝间藏着某个古老的雕像,以一根立柱当基座。阶梯底部通往花园的露台。

沿着玫瑰色的砖路,经过一道栅门和几级台阶,到了几个独立的小庭院,爱神木与夹竹桃环绕着爬满苔藓的喷泉,喷泉旁边是柏树的树干,树盖淹没在明亮的空气里。

周遭的静默里,有一种隐秘的脉搏让所有美丽鲜活起来,仿佛是那些已经消失的人,他们某日曾经享受过这个花园,心脏还在稠密的枝叶后面悄悄跳动。而水流不安的喧嚣可以当作他们走远的脚步。

那时的天空蓝得干净纯粹,明亮炽热的辉煌。棕榈的树盖之间,比花园冠顶的平台与白色走廊更远的地方,一座灰赭色瘦塔高高立起,像一朵花的花萼。

*

有些人类命运会与某处地方或某个风景相连。在那个花园里,你曾坐泉水边,梦想生命如同不竭的迷醉。天空宽广催促你行动;花朵、叶片和水流的呼吸鼓动你无悔地享受。

后来你明白了无论是行动还是享受,都不能像你在泉边梦想的那样完美。而等你明白这个悲伤真理的那天，尽管相隔遥远身在陌生的土地，你却渴望回到那个花园，再在泉边坐一坐，重梦一次逝去的青春。

一个西班牙人讲述他的土地

海滩，荒漠
面朝熟睡的金色太阳，
小山，平原
平和，独自，遥远；

城堡，野庙，
农庄和修道院，
生活与故事，
回忆里几多甜蜜，

他们，那些胜利者
永远的该隐，
拔去我所有。
留给我流亡。

一只神圣的手
在我身体里举高你的土地

那里一个声音吩咐
你的沉默讲述。

我只和你在一起,
只相信你;
这一刻想起你的名
足以毒死我的梦境。

余生时日是
苦涩,唯有活在
漫长的守望
倚仗回忆的力量。

有一天,你已从
他们的谎言里自由,
来找寻我。那时候
一个死人该说些什么?

《一个西班牙人讲述他的土地》写于 1939 年秋天的格拉斯哥,收录于《云》。在初次发表的版本中,第 21 行和第 22 行之间另有两行:"连根拔起的玫瑰/怎能存活?"阿尔托拉吉雷的女儿帕洛玛曾表示,在她看来这首诗的最后一节是"由流亡经历触发写成的最恐怖但也最恰当的诗行"。

西班牙双联画

献给卡洛斯·奥特罗

I

可惜是我的故乡

那边有人说

我的诗源于

远离和怀念

曾是我故乡的地方，

难道他们只听见我最偏远的声音？

诗人口中的声音不止一样：

我们应倾听那和声共鸣，

所谓的主调

不过是多声部中的一种。

人类精神在世代中

为自己

所赢得的，

是我们的财富也是留给

未来之人的遗产。

一旦任人否定

和劫持，人类便沉沦，

沉沦多少？在这严酷的阶梯上
曾经从动物到人的高度。

你的故乡就是如此，死人之乡，
如今在那里一切诞生便是死人，
死中活，死中死；
漫长的梦魇：沉重的游行
修复过的遗体和圣物，
由道袍与制服护送
在一片沉寂中：万人喑哑
因本土惯常的混乱而痛苦，
恐惧只能压制，而未能驯服。

生活总会报复
那些否定她的人：
我家乡的历史
由生命的残暴之敌上演。
伤害不在昨天，不在此时，
而在永远。因此今天
西班牙的存在，登峰造极，
愚蠢又残忍一如它那里斗牛的节日。

一个无理性的民族，自古就被灌输

认定理性太过傲慢

在理性前肆意呼喊：

"知识去死"，这民族已预先注定

以崇拜锁链告终

而这淫秽的崇拜必将它带向

我们今天所见之处：锁链加身，

无欢乐，无自由也无思想。

我是西班牙人，就像

那些没有其他选择

的人：在我出生时，

命运给我压上的所有

重担里，这最沉重的一副。

我没换过故乡，

因为不可能，一个人已被他的母语

与诗歌的需要相连，直到死亡那天。

诗歌在我们里面

说着以前人们的语言，

远在我们出生以前，

我们在那些人里为存在找到根源；

这里不仅仅是诗人在说话，

是他先辈沉默的口

被他赋予声音而自由。

这些能否改变？没有诗人
能选择自己的传统，故乡，
或语言；他为这些效劳，
尽可能地忠诚。
但至高的忠诚
是对他良知的忠诚：我为它效劳
是因为，我为良知效力时
就是在效力于诗歌。

做西班牙人我并不情愿
在远离故乡的地方应付生活
不难过也不怀旧。我已经艰难学会
做人的职业，
也为此摆上我的信念。我不愿
回到那片土地，它的信念，如果它还有信念，已与我无关。
那里的风俗与我极少牵连，
相关的冷漠记忆我已经淡忘
间隔与时光已让我与它疏远。

我不是对那些人说话，他们因为命运的玩笑
成为我的同胞，我对自己说

（对自己说话的人期待着有一天对上帝说话）

或者对那少数人，他们倾听我的时候

能够真正理解。

那些人像我一样尊重

人类的自由意志

安排今日属于我们的生活，

表达被我们生命所滋养的思想。

除此之外我们还继承过什么遗产？

除此之外我们还有什么遗产可流传？

II

不妨是你的故乡

从几时开始，你成为他的朋友？

初读他的书是十岁还是十一岁？

那时的你还是个孩子

一天在父亲的书架上

发现了那些书。你翻开一本

就被书里的插图吸引；

你开始一页页阅读

对画中的历史充满好奇。

你跨入神奇世界的门槛,

另一种现实在这现实后面:

加夫列尔,伊内斯,阿玛兰塔,

索蕾达,萨尔瓦多,赫娜拉,

那么多人物都被他慷慨强力的天才

赋予永远的生命。

他们组成另一个西班牙,

进入你的生命

从此再没有与你分开。

比你身边经过的

苍白造物更有生机,

你最初的爱被他们唤醒;

在一个英雄世界里被爱的英雄,

你的生命之网与他们交织,

尤其是你的那些兄弟姐妹,

福莱小姐,桑托尔卡斯,提琳,格雷先生,

他们永不满足,你观看他们

存在中追寻不可能的真实之梦。

孩子的命运被他们挑动

甚至渴望和他们一样,

和他们一样生活

并且,就像萨尔瓦多,

被同样的理性,同样的疯狂所激励,

心中依然汹涌,忠实于他的初衷,

无论在故乡或他乡,

经历多少哀伤的幻梦

信念从未向失望退让。

在《轶事》的世界后,

你又进入《小说》的世界:

罗萨莉亚,爱萝伊萨,福尔图纳塔,

莫莉西亚,费德里科·比耶拉,

马丁·穆烈尔,莫雷诺·伊斯拉,

他们会向你启示

日常生存的隐秘戏剧:

恬静的真实存在,以及其后,

人性的磨难,活着的悖论。

那些心爱的书,重读过

多少次,从孩子,青年到成人,

每一次你都更深入它的秘密

发现他们在更新

就像你的生命不断更新;

用新的目光阅读

就像你不断观看世界的目光。
极少的书能这样
给我们新的滋养
在我们生命中每个新的阶段。

在你的故乡和故乡之外
这些书总能守信地带来
西班牙的魅力，在它们里面不曾失落，
尽管在故乡已无处找寻。
书里读到的一个地名，一条街
（希里蒙门廊或"进来出不去"）
常在你里面唤起怀念
那不可能的故乡，不属于这世界。

城市，街区或小镇的名字，
整个阳光下的西班牙空间
（大地门，圣十字广场，阿拉比雷斯山地，
加的斯，托雷多，阿兰惠斯，赫罗纳），
你认识或不认识的地方，
经他说出，总是带来，
双重景象：想象的和观看的，
都是美的，都是可亲的。

今天，当你不再需要你的故乡，

她在这些书中依然被爱被需要，

更真实也更频繁在半梦半醒间出现：

不是那个，这一个才是你今日的故乡，

加尔多斯使你认识的故乡，

就像他能够宽容对立的忠诚，

遵循塞万提斯慷慨的传统，

英勇地生存，英勇地战斗

为了属于自己的未来。

不是险恶的过去，向另一个西班牙倒退。

你真正的故乡不是那个淫秽压抑的西班牙

它今天已被恶徒统治，

而是生机勃勃永远高贵的这一个

由加尔多斯在他的书中创造。

我们从那一个所遭受的由这一个安慰医治。

《西班牙双联画》的第一部分写于 1960 年年末，第二部分写于 1961 年 2 月，收录于《客迈拉的悲伤》。其中，第二部分的小标题原本是《加尔多斯》——其中的确出现了大量加尔多斯的作品名及小说主人公名。"双联画"的形式成为塞尔努达表达自己对西班牙爱恨交织的矛盾态度绝佳的载体。然而，无论多少苦涩与怨恨，作为诗人他始终不变的是对自己的母语的忠实。他相信用西班牙语创作的经典文学作品里保留了他始终信仰和热爱的那个祖国的命脉,不会被历史境况、是非成败、沧海桑田切断。在精神沟通艰难的岁月里,一个作家还可以留下语言意义上的"遗产",供将来的人在其中找回中断或遗失的"根",找到前人的"存在痕迹"。塞尔努达在《西班牙双联画》中体现的正是这样一种以语言文字为载体的历史观,在最苦涩尖刻的时刻,满怀"无力之悲伤",唯一能抚慰流亡与悲伤的是这首诗第一联的末节:

　　除此之外我们还继承过什么遗产?

　　除此之外我们还有什么遗产可流传?

第二辑

发明一种语言称颂身体与爱情

"我就是那个想象中的人"

——读《如果人能说出》

　　1931 年,塞尔努达在马德里遇见塞拉芬,对方带来洛尔迦的字条,上面写着:"亲爱的路易斯,我很荣幸向你介绍塞拉芬·费尔南德斯·费罗,希望你能好好接待他。来自费德里科的一个拥抱。"[1]由此开启了一段短暂却因文字永久保鲜的爱欲体验,因为塞尔努达将个中激情全部倾注在一本名为《被禁止的欢愉》的诗集中。这本诗集中的全部作品都写于 1931 年 4 月至 7 月之间。其中《像轻微的声响》一诗首次发表在马德里的文学刊物《英雄》上的时候,附有题献"给塞拉芬·F. 费罗"。这是塞尔努达所有诗作中唯一一次直接提到这位情人的名字。在现存的诗集手稿笔记本的扉页上,诗人摘录了波斯诗人哈菲兹的诗句[2]:

　　在我的祖国做一个异乡人,颤抖于爱、贫穷和绝望,孤独的悲伤席卷我的时日。

　　我要去哪? 去向谁讲述我内心的故事? 谁会给我公允?

---

[1] 1931 年,日期不明,加西亚·洛尔迦给塞尔努达的信。(*Luis Cernuda. Epistolario 1924 - 1963*, p.156.)

[2] Luis Cernuda, *Poesia Completa*, p.782.

这样的痛苦从何而来？难道我出生就是为了被爱的国度流放？

夜莺的悲叹与我的啜泣应和，因为多少悲伤，因为我内心印刻着激情的所有记号。

在《被禁止的欢愉》中，创作于 1931 年 4 月 12 日的《如果人能说出》[1]可谓塞尔努达最广为流传的代表作。整首诗由"说出"的动作而起，诗题"如果人能说出"使用的是虚拟式，饱含着"说出"的强烈意愿，第 1 至 2 行重复出现与题目相仿的句式将"说"的自由与"爱"的自由紧密联系起来，虚拟式暗指的实现这一动作的难度，与他的自由意愿咄咄作对的是所有外在的、内在的禁止与限制。此节紧接着采用传统的并列类比指出，正如围墙坍塌方见其中伫立的真相，人也必须打破身体的墙才能与自己坦诚相见：

如果像围墙倾倒，

只为致敬其中矗立的真理，

他也能让自己的身体倾倒，只留下他的爱的真理，

关于他自己的真理，

不叫荣耀，财富或野心

而是爱和欲望

人与围墙的对峙在塞尔努达同时期的创作中时有出现，无论是

_____

[1] Luis Cernuda, *Poesía Completa*, p.179.

《蛛网挂在理智上》[1]中的"一堵墙前,我一个人",还是《我看见坐在》[2]中"我看见郁郁的围墙生满白发/牙齿间喃喃吐露模糊的咒骂,/我看见围墙那边/世界像心满意足的狗,/当我俯在真理上面我看见/一个身体不是我自己"。在整本诗集开篇第一首诗《我来说你们怎样出生》[3]的第一节中,塞尔努达写道:

> 我来说你们怎样出生,被禁止的欢愉,
>
> 像欲望出生在恐惧的高塔,
>
> 威胁的粗棒,褪色的生铁,
>
> 夜晚在拳头的暴力下石化,
>
> 所有人面前,哪怕最反叛的那个,
>
> 我只适应没有围墙的生命。

"我只适应没有围墙的生命"可谓完美总结了塞尔努达当时的心理状态。而在《如果人能说出》的第一节,诗人通过推倒围墙与身体壁垒对自己所信仰的爱和欲望进行了解读:一个人需要打破所有的限制与禁忌才能真正抵达关于他的爱的赤裸真理,才能认识到真实的自己。至此,全诗的前六行都保持着虚拟式,直到第7至9行的动词语态方才第一次出现了肯定式(no se llama... sino [se llama] ...),仿佛鼓足勇气的瞬间,诗人讲出铿锵的话语:

---

[1] Luis Cernuda, *Poesia Completa*, p.175.

[2] Luis Cernuda, *Poesia Completa*, p.193.

[3] Luis Cernuda, *Poesia Completa*, pp.173 – 174.

关于他自己的真理，

不叫荣耀，财富或野心

而是爱和欲望

在写于此后一天的另一首诗《有些身体像花》[1]中，塞尔努达通过为爱殉道的表达重申了自己对虚妄野心的不屑和对身体、心灵全然交托的爱的信仰：

我，不是石头，而是路，

那些赤裸的脚穿行的路，

我因爱而死为他们所有人；

给出我的身体任他们踩，

哪怕这条路带他们去追逐野心或者云，

却没人明白

什么野心或者云

值不上交托的爱。

《被禁止的欢愉》是塞尔努达的第一本情诗集，彼时的他正在通过阅读、思考和体验爱欲认识自我、建构自己的身份。一方面，这样的建构是他自我意识成长的结果，另一方面也是社会和外部思想变革的产物。这首诗的创作年代恰逢西班牙第二共和国即将成立，改革和进

---

[1] Luis Cernuda, *Poesía Completa*, p.180.

步的风尚在陈旧保守的土地上涌动，将要掀起风暴。多年后，塞尔努
达回忆起那段岁月时写道：

　　我支持认同他们（指超现实主义诗人）对自我的反抗意识和对社
会的反叛精神。我感到西班牙是一个正在瓦解的没落王国，其中的一
切都折磨我，激怒我。我不知道，如果我有幸生在另一片土地，是否也
会这样不快乐。时至今日，我意识到至少当时没人阻止我发表自己的
观点；我发现在自己成长和接受教育的时候，那还是一个在某种程度
上尊重人类自由的国家——若无自由，人将不人——当时那个国家瓦
解的进程远没有现在这样迅猛。这样的不满让我的诗句中开始出现
反叛的声音，有时甚至有暴力意味。普列莫·德·里维拉独裁政权的
垮台，加之举国上下对国王的恼怒让国家陷入动荡紊乱的状态。对墨
守成规的厌恶让我有时很难与一些认识的作家打交道，因为他们身上
的资产阶级背景令我反感。[1]

　　和他的许多同辈人一样，塞尔努达深受法国超现实主义运动的影
响，但这种影响并非流于表面的写作技巧，他是真正将超现实主义视
为一场精神上的自由解放运动："在我看来，超现实主义不仅是文学
风尚，更是一种与众不同的东西：那是一个时代青春洋溢的精神流
派，在它面前，我不能也不想无动于衷。"[2]这本诗集恰恰是通过对

----

[1] Luis Cernuda, "Historial de un libro", en *Prosa I*, pp.636 - 637.

[2] Luis Cernuda, "Historial de un libro", en *Prosa I*, p.634.

欲望的表达触及了超现实主义的精神内核,让此前不曾有名字的现在都得到名字。这一书写的意义其实超越了同性诗歌的范畴,而是意味着对身体、情感及表达的发现与突破,对同性情欲的直接表达是对故有陈规的反叛,是少数者的宣言,亦是对个人意志的推崇。关于这一点,帕斯摘取这本诗集中的第一首诗《我来说你们怎样出生》(被用作书名的"被禁止的欢愉"这个词组即出自该诗)为例展开的分析十分到位:

　　超现实主义就是用来在一场声势浩大而完全的颠覆中为他加入至关重要的精神反叛。诗集《被禁止的欢愉》在这个充满"规则与小人"的世界与那个属于梦与灵感的地下世界之间架起了一座桥:那是尘世生活沉默的光芒("大理石的器官""铁制的花""尘世的星球"),也是更高一层的精神生活("高扬的孤独""值得铭记的自由")。这些艰难的自由为我们提供的果实是神秘的,它的"味道没有任何苦涩能腐蚀"。诗歌重新变得孤傲;梦与词语在一尊尊"无名的雕像"下方生长:在那伟大的"复仇的时刻,它的光彩能毁灭你们的世界"。[1]

　　对塞尔努达而言,人的尊严基于自由:自由地说,自由地爱。自由意味着爱什么人、怎样爱不受任何社会道德礼教规常的束缚。在发表于同一年的散文《诗歌和真理,致拉弗卡迪奥·卢基的信》中,诗人

---

[1] Octavio Paz, "La palabra edificante", en *Luis Cernuda. El escritor y la critica*, pp.138–160.

发出想要定义青春的声音：

就让那些文明人——他们是这么称呼自己的——留在他们那个充斥着鬼魂的社会，让我们成为与众不同的，我只关心这个。唯一确凿的真实就是一个自由的人，不属于任何东西，而是全然完美而独特地存在于大自然里，没有强加或亵渎的习俗常规。这就是青春，卡迪奥；真诚的，自由的，所以我和你一样那么爱它。[1]

与此同时，诗人心目中的自由又意味着甘愿为爱所囚，《如果人能说出》第二节首行利用西语句法中语序的灵活性，将核心词"自由"调整至句首："自由我不认识只知道囚禁于某人的自由"（第14行）。第二节的最末三行"自由"或它的其他词性形式共出现四次，重复的句式"唯一……的自由"既是形式上的音乐性保证也是内容上的回旋强调，在情绪上也层层叠加，为最后一节的爆发做好铺垫。如西班牙黄金世纪伟大的诗人克维多所写，"爱是被监禁的自由"，这是一个堪称经典的矛盾主题：爱是被另一个人占据白天黑夜，是在充满暗影与幻梦的世界一隅甘愿被另一个人囚禁的自由。爱欲体验的摄人心魄让人忘记自身的存在，只感觉到完满，仿佛有限的世界暂时扩张至无限。这一主题在塞尔努达同时期创作的另一首题为《自由你认识自由》[2]的诗中得到了更明确的阐发：

---

[1] Luis Cernuda, *Prosa I*, p.805.
[2] Luis Cernuda, *Poesía Completa*, p.699.

自由你认识自由

自由你不认识自由

自由是欲望

自由是被囚禁。

囚禁在另一个身体不是我自己

在一双臂膀一张嘴

死亡用那张嘴

慢慢喝光我们的生命。

自由是死亡

死亡是生在别的精魂

一种精魂一个男人是一种欲望

那欲望是为自由的爱。

自由自由

自由是遗忘

在另一个身体是遗忘

自由是爱。

放我自由否则我死。

这首诗曾经收录于 1936 年第一版的全集里，后来被诗人自己删除。

最初在第一版全集目录里,这首诗紧随《如果人能说出》和《有些身体像花》之后,组成爱的宣言三部曲。

　　塞尔努达的情诗忠实记录了他自身意识的成长以及随之而来的对爱的定义的深化。对他而言,"爱情"与"欲望"是不可孤立存在的整体。《如果人能说出》开始时的主体是"人"(el hombre),到了第10行突然出现了"我"(yo):"我就是那个想象中的人",意味着当一个人体验并宣告真正的爱情,当生命将他的欲望变为现实,他就变成理想的自我。可见随着诗意空间的扩展与推进,塞尔努达谈论的是"人"发现"自我"、从"人"(el hombre)变成"我"(el yo)的过程,于是可以在人前宣告被忽视的爱的真理。而被倾诉的客体"你"直到全诗最后一节才首次出现,一如第一节中的主体从集合名词的"人"变为具体的"我",最后一节中客体从第二节里不确指的"某人"变成"你",肯定式传达出的语气也与全诗开头的虚拟式形成鲜明对照,愈加清晰和高涨的情绪流水到渠成。获得爱的自由是人生而为人最好的证明。然而与此同时,这里的"你"又不仅是爱的对象,更有一层深意是"我"的欲望的投射与外化。同样的思路在塞尔努达同一时期创作的另一首情诗《又怎样》[1]中亦有体现:"你不在场,也足够照亮这团包裹我的迷雾"——可见,他对爱欲体验本身的记忆是凌驾于具体的"你"之上的。说到底,真正可以证明"我"的存在、让"我"的生命圆满的不是任何其他客体,而是正视自己的欲望、认识了自己的真理之后的"我"。重要的不是描述投射爱的对象,而是冥思他自身的爱欲体验

---

[1] Luis Cernuda, *Poesia Completa*, p.188.

中的困局与矛盾,不是写给所爱之人的情诗,而是诗人与自己对爱情的思考、意识和体验的对话。由此,塞尔努达得以用一种形而上的视角来体察爱情。

回到这部诗集背后的个人故事,1947 年初,在伦敦大英博物馆对面历史悠久的"博物馆酒吧"举办的一个小型展览上,流亡中的塞尔努达看到了古希腊雕塑家菲狄亚斯的一尊作品,雕刻的是希腊神话里拉庇泰族人勇斗半人半马怪物的故事,饱含着青春的美丽和赤裸的力量。那一刻,塞尔努达站在雕像前,完全失了神。半晌,同行的友人才听到他喃喃自语地说:"塞拉芬就是这样的。"[1] 十五年来,他第一次提起他的名字,也许对塞尔努达而言,塞拉芬真正的样子都已经模糊,真正令他念念不忘的是爱欲体验本身——那一年,美丽、自由、年轻、极富张力。

附:如果人能说出

如果人能说出他爱的,
如果人能把他的爱举上天,
像光芒里的一片云;
如果像围墙倾倒,
只为致敬其中矗立的真理,

---

[1] Antonio Rivero Taravillo, *Luis Cernuda. Años de exilio* (*1938 - 1963*), p.172.

他也能让自己的身体倾倒,只留下他的爱的真理,

关于他自己的真理,

不叫荣耀,财富或野心

而是爱和欲望,

我就是那个想象中的人;

用舌头,眼睛和双手

在人前宣告被忽视的真理,

他真正的爱的真理。

自由我不认识只知道囚禁于某人的自由

那个人的名字我一听到就颤抖;

那个人让我忘记这卑微的存在,

让我的白天黑夜都随他所愿,

我的身体灵魂漂在他的身体灵魂里,

像浮木任由海浪吞没托起

自由地,爱的自由,

唯一激我兴奋的自由,

唯一我为之死的自由。

你证明我的存在:

如果我不认识你,我没活过;

如果至死不认识你,我没死,因为我没活过。

"因为欲望是一个问题"

——读《我没有说话》

　　《我没有说话》[１]与《如果人能说出》写于同一天,创作背景亦是发生于 1931 年的那段情事,一方面由此诞生了西语诗歌中一种全新的表达爱欲体验和庆颂身体欢愉的方式,另一方面也是诗人此后终其一生反复思考和书写的现实与欲望主题的首次郑重登场,因而在他的作品中享有极为特殊的地位,值得细致地阅读与分析。

　　这首诗与《如果人能说出》都采用全诗第一行作为诗题,无论是标题还是首节都展现出精妙的呼应与对照:两首诗围绕同一段故事、同一种渴望展开,《如果人能说出》的主体从抽象、尚未认清自己的"人"("他")开始,过程中通过自我意识的成长和对爱之真理理解的深化成为具体的"我",而《我没有说话》接续前诗的成长进程,直接以"我"为主体开始;《如果人能说出》侧重向外界"说出"被禁止的欢愉,强调讲出真实,表达欲望,而《我没有说话》侧重向内面对自己、面对欲望对象时语言之无力,从而引出了身体的重要地位。

　　诗题及首行用陈述语调、不加任何前情提要地给出一个与写作之动作本身相悖的开端:沉默,替代言说——"我"放弃了语言,在摸索

――――――――――

[１] Luis Cernuda, *Poesia Completa*, p.178.

欲望之难题的时候"没有说话",毕竟痛苦与欲望本就存在于不可言说的领地。而"我"选择"无视"欲望是不存在答案的问题,只管"用疑问的身体"——发问的姿势——试探性地去"靠近"。"仅仅只用"(tan sólo)是以退为进的修辞,引人入胜,而"我"这样做的原因在第一节后四行揭晓:不想用语言探寻欲望对象的心意何如,是因为"我"内心的矛盾——知道欲望本身是没有答案的问题却刻意忽略,宁可一意孤行地用身体的试探去逼迫出一个显现。第3至6行使用了一连串类比来烘托欲望之无解。一片不存在树枝的叶子,意味着没有自然生长的源头可溯也没有输送养分的依托,欲望是不知从何处来也无法预判要往何处去的未知量;一个不存在天空的世界,有了颠倒的可能,如倒立的策兰那般看见"天空是下面的一个深渊",或者如毕晓普设想的那般"左总是右,影子总是身体",也就是说,欲望没有界限也没有逻辑可以遵循。

塞尔努达在第一节中从概念上阐释了自己对欲望之特点的预判,进入第二节则是将身体力行的体验通过近乎生理学的赤诚相见描写出来。对欲望之答案的迫切化身为第二节中的"痛苦"开始了披荆斩棘般的求索之路,挣脱围困的骨骼,这并非惩罚,而是最终获得了冲破皮肤升华至云间的救赎。我们跟随的动作主体是欲望带来的"痛苦"这样一个抽象的概念,但是诗人通过将"骨骼""血管""皮肤"等人体科学语汇与"辟开""溯""冲破"等一系列爆破性的即时动词搭配使用,提供了一种内腔镜般逼仄的、具有压迫感的内部视角,引导着我们进入渐窄的管道中(可能周遭黑暗,仅有前方孔洞的明亮)承受压抑再体验喷涌与释放,不可谓不具体可感。

　　然而历经痛苦成为"梦的喷泉"并非圆满或终点,对欲望之真谛的追问还在继续,并在第三节中得到了宣言式的升华。欲望萌发自目光或身体的交汇与触碰,如同人之起源一样古老而神秘。塞尔努达在此重现了柏拉图《会饮》中阿里斯托芬的讲辞一节关于人的起源的神话(189c 至 193d)。开初的时候,人的性别除了男女,还有第三性,是男女两性的合体。每个人的样子从前都是整个圆,成球形,四只手,四只脚,所有的器官都成双。当人类生出非分之想要与神比高低,宙斯与诸神会商应对办法,本想杀光人类,却忌惮从此得不到来自人的崇拜和献祭,最后宙斯决定想一个办法既让人继续活着又削弱他们的力量:"我把他们再切一次,让他们只能晃晃荡荡地走路。"所以切开后的人,从本初上就种下彼此间的情欲,想回复自己原本的自然,让分开的两半合为一体。原本是第三性的人会追求异性,而原本是男性或女性的被切成两半后只想寻找同性的另一半。当他们遇到原本的另一半,就会体验到令人惊颤的爱与亲密的奇妙体验,两人的心都明显愿望着某种东西。我们本来是完整的,渴望和追求那完整就是所谓爱欲。此刻,诗中的"我"体会到身体一分为二,接纳另一个存在,是"同样的样子,同样的深爱,同样的欲望"(第18 行)。类似的引用在同一本诗集中的《我想知道为什么这死亡》[1]也有出现:

　　许多世纪的回忆,你明白

---

[1] Luis Cernuda, *Poesía Completa*, p.183.

爱是怎样的斗争

当两个相同的身体噬咬对方。

　　在当时当刻的西班牙,这样的诗句几乎是石破天惊的。同代诗人里尚没有任何其他与塞尔努达同样性取向的人在作品中如此大胆、如此坦率地表达同性情欲,其他人就算不是直接假托异性表达爱意,也通常会采用更为模糊的方式处理情欲对象的性别。《被禁止的欢愉》是西班牙最早公开以同性情欲为主题的作品,它的诞生得益于内外的两股力量,一方面,外部环境剧烈变化,民众对王室、天主教会和极右保守派的积怨在二十世纪三十年代初达到顶峰,并最终促成了第二共和国的建立,此前由宗教担任的奉教义之海、凭道德之名束缚民众思想与自由的职责在此时濒临失效;另一方面,早年对纪德的阅读让塞尔努达自然地将自己的同性取向视为"活在世上的另一种方式",以全然真诚坦白的态度对待,宣告属于自己的真正的爱的真理,以至于有评论家说,在塞尔努达的诗中,"爱的变位就是阳性的"。

　　塞尔努达对《会饮》的阅读与化用在同属一本诗集的《乌鸦,海鸥》[1]中亦有体现。在这首诗中,诗人首先罗列出各种美的东西做成迷药:

给我那面懵懂土墙上蓝色的藤萝,

空荡的白色衣摆上醉人的玉兰,

---

[1] Luis Cernuda, *Poesia Completa*, pp.188-190.

　　虚掩的忧伤之书，

　　虚掩的双腿，

　　那个少年金色的鬈发；

　　我将用所有这些做成不朽迷药：

　　喝上几滴，你再看生命，好像透过彩色玻璃。

一如《会饮》中苏格拉底忆述的第俄提玛的教诲（211c—211d），"我"由感官现象出发，经由爱恋瞥见美，最后美妙地触及最后境地。游于爱欲的正确方式是先从那些美的东西开始，为了美本身，顺着这些美的东西逐渐上升，像爬梯子，一阶一阶从一个身体、两个身体上升到所有美的身体，再从美的身体上升到美的操持，由美的操持上升到美的种种学问，最后认识美之所是。因此，及至全诗末节，塞尔努达写道：

　　我相信生命，

　　我相信尚未认识的你，

　　我相信我自己；

　　因为终有一天我会成为所有我爱的东西：

　　空气，流水，植物，那个少年。

　　此前罗列的美的东西（也是"所有我爱的东西"）担当了第俄提玛所说的"梯子"，爱欲中引"我"上升，直到自身存在最圆满之处，即成为"所有我爱的东西"，成为"美"本身。在塞尔努达看来，爱的真理的内核与本质的美是一致的。我们不妨参照收于同本诗集的散文诗《在海底》中诗人对爱之真理的定义："但是什么都比不上一只切断的石膏手。美得让我决定抢走它。从那时起它占据我全部黑夜白天；它抚摸我，它爱我。我叫它爱的真理。"

在爱欲的最高层级里躺着的是凝结美的身体器官，可见在塞尔努达的欲望体系里，身体占据着核心地位。多年以后，流亡英国的塞尔努达曾于1944年遭遇又一段深刻的感情折磨，他在给画家朋友普里耶托的信中写道：

我第一次见到这个人，他就占据了我的全部存在，现在我像死人的身体只剩空壳。

（……）

现在我相信我的爱人是爱我的，他只是用他的方式爱我。也许他的冷漠并不重要，因为我的爱很多，可以抵得上两个人。但是有时候，当我更频繁地见到他，每一次分别就好像带走我自己的生命；我已经不是我自己，我是我爱的那个人，如果他不在场，我就像一个鬼魂游荡，空洞，充满怀旧，渴望又一次与那个缺席的身体重聚。[1]

塞尔努达将身体视为宇宙力量的化身，尤其年轻身体的美丽是最具决定性的特质，是激发灵感的核心，拥有无可比拟的力量和魅惑。

---

[1] 1944年8月20日，塞尔努达给格雷高里奥·普里耶托的信。（*Luis Cernuda. Epistolario 1924-1963*, pp.383-384.）

一个年轻的身体就是一个太阳系,是所有物理上和精神射线的核心。对身体欲望的诠释作为塞尔努达毕生情诗创作中最具代表性的特质,恰恰是从《被禁止的欢愉》时代开始建立的。诗人用《我没有说话》(乃至整本诗集)开启的是西班牙诗歌中书写身体的一种新修辞,由此提供了一种新的描写身体、表达欲望的方式。

回到《我没有说话》的最后一节,诗人笔锋一转,"这只是一种奢望"看似是将第三节高扬的信念狠狠一压,"即使"一词却再次以退为进,与第一节的"无视"呼应,稳住了整首诗笃定的语调。欲望将是塞尔努达穷尽一生想要解答的问题,哪怕早在创作《我没有说话》的1931年他已知道答案并不存在,现实与欲望不可调和。

附：我没有说话

我没有说话,
仅仅只用疑问的身体靠近,
因为无视欲望是一个问题,
答案不存在,
一片叶子,树枝不存在,
一个世界,天空不存在。

痛苦从骨骼间辟开道路,
溯血管而上

直到冲破皮肤，

梦的喷泉

变成质疑的肉体回到云间。

路过时一次擦蹭，

影子间一次短暂相视，

已足够身体一分为二，

贪婪地接纳

梦中的另一个身体；

一半和一半，梦和梦，肉体和肉体，

同样的样子，同样的深爱，同样的欲望。

即使这只是一种奢望，

因为欲望是一个问题，没人知道答案。

"我仍然欠着你的身体一份债务"

——读《献给一个身体的诗：XVI "一个人和他的爱"》

　　1951 年夏天,墨西哥城,塔库巴大街的埃尔库莱斯健身房。萨尔瓦多是这里的常客,20 岁半的他是半职业的体操运动员,几乎每天都会来这家健身房训练。他很漂亮,身材修长健美,走在街上时常会被男人吹口哨,自己都承认"我都不敢在胡亚雷斯大道上散步,会有人贸然上前搭讪的"。然而尽管同性追求者层出不穷,萨尔瓦多是不折不扣的异性恋(彼时已经结婚,有一个年岁尚小的儿子),曾经是芭蕾舞演员的他正是因为行当里同性恋太多不堪其扰才转行体操的。萨尔瓦多每隔三天都会看到同一个说着安达卢西亚口音西语的西班牙人来健身房做一些腹部的小幅度练习和少量器械运动。不知为何,西班牙人眉眼间的东西让年轻的萨尔瓦多觉得与其说这个西班牙人是来锻炼身体,不如说是为了消磨深刻的孤独感。许是自己一半意大利血统带来了"半个外国人"的自我认知,萨尔瓦多对这个 100% 的外国人有莫名的认同感。

　　那一年的塞尔努达 49 岁,从当时任教的美国大学告假半年在墨西哥休养。他每隔三天去埃尔库莱斯健身房做一些腹部的小幅度练习和少量器械运动。塞尔努达在墨西哥城的住所位于马德里大街和起义大道的交汇处一幢大楼的二层。刚刚离婚的萨尔瓦多有时会来这儿,熟悉了之后便将体操垫一并搬来,煞有介事地做起训练来。塞尔努达总是坐在沙发上,一边看着年轻人赤裸着身体做各种奇异的动作,一边抽着烟在纸上写写画画。萨尔瓦多不知道他在写什么,又感觉如果探头去看是没有教养的行为,便也作罢。他只知道这个人是教授,所以只当他是在备课。有时会有另外的人来拜访,比如帕斯,比如阿尔托拉吉雷。他们会和塞尔努达喝上几杯,说些诗人间才会有的谈话。萨尔瓦多并不懂他们在说什么,只是觉得"他们都是很智慧的人",便也在一旁安静地听着,无聊了就起身去冰箱里给自己倒杯冰水。[1]

半年假期结束后,塞尔努达回到美国,1952 年假期再次去墨西哥。这次假期结束回美国之后,他辞去了教授的工作,决定移居墨西哥。在回忆录里他这样写道:

鬼使神差一般,我辞职时毫不犹豫。爱情把我拉向墨西哥。

(⋯⋯)

1952 年 11 月,我定居墨西哥。那时我就决定不让别人为我的这一举动承担责任,这是我自己的选择。我不能说自己永远不会后悔,但是我对爱情的乞求不过是一些瞬间,已然近乎永恒,尼采所说的那种深刻的永恒。我还能期待爱情给我什么更多的吗? 还需要更多吗?[2]

---

[1] Antonio Rivero Taravillo, *Luis Cernuda. Años de exilio* (*1938－1963*), pp.239－248.

[2] Luis Cernuda, "Historial de un libro", en *Prosa I*, p.660.

两年后,萨尔瓦多应征入伍,成为一名海军,跟随舰船开始自己从小梦寐以求的环游之旅。他们没有再见过面。又过了不到十年,1963年11月,塞尔努达在墨西哥城突发心脏病去世,安葬在这座异乡城市北部的墓园。

在1951年至1953年之间,塞尔努达完成了一组由十六首情诗构成的组诗《献给一个身体的诗》:

那个夏天,我遇见X,开始为他写《献给一个身体的诗》。考虑到自己当时的年龄,我自始至终都明白,作为年长者爱上他无疑是荒谬的。但是我也知道(无须任何理由),一生中,总有一些时刻需要我们毫无保留地将一切托付给命运,跳下悬崖,坚信自己不会摔得头破血流。我想,哪怕我曾经爱过,也从未这样深爱过,要描摹这份迟到的爱,未及落笔,诗已自成。[1]

这组诗可谓塞尔努达全部诗作中十分特殊的存在,诗人摘掉面具,放弃了保持创造者与被创造者之间的距离,文本与那个特定身体之间的关联从组诗第一首的题目开始就已表露无遗——《萨尔瓦多》[2],那个人的名字"Salvador"在西语里恰恰是"拯救者"的意思,于是顺理成章地有了:

---

[1] Luis Cernuda, "Historial de un libro", en *Prosa I*, p.656.
[2] Luis Cernuda, *Poesía Completa*, p.469.

拯救他或者审判他，

只是你不要留他

继续活着，却失去你。

　　在第一首和第十六首之间，塞尔努达从"撬开时间的大门，／你呼唤迟来多时的爱人"（《迟》[1]），写到"为每一瞬间的／相伴，我都已付出代价"（《身体的代价》[2]），故事的正中央是颇有但丁风骨的《漫游》[3]遐想：

也许在地狱里时间

有和这里不同的

度量（……）

人们说，在那里，时间

倒着走。

（……）

那样会奇怪吧

一开始就遗忘

再为你沉迷，一切都

［1］Luis Cernuda, *Poesia Completa*, p.475.

［2］Luis Cernuda, *Poesia Completa*, p.482.

［3］Luis Cernuda, *Poesia Completa*, p.479.

因你兴奋，只要有你，

再到你最初的蒙昧

最后是我们的相遇。

对于正在跨越知命之年的诗人，年轻的身体依旧是发光的星体，具有能造成潮汐的巨大引力，而他能做的就是通过书写未竟的爱欲体验审视自我。《一个人和他的爱》是《献给一个身体的诗》中的最后一首，将此前十五首诗留下的线索织起。塞尔努达将现代生活中的商业话语套用在情感体验之上，身体的交叠建立起另一套独立存在的宇宙秩序，两人之间"账目／已经清付"，身体却依旧留有债务，而且无人可以为之定价。这样的债务来源可以追溯到《我没有说话》末节没有答案的欲望。然而结不清、算不明的纠缠也无所谓了，至少，"我"借此获得罕有的与生活休战的契机，享受到特殊的"幸福生活"（*la vita beata*）：

无所知，无所爱，

无所盼：你的存在

和我的爱。这已足够。

直到此处，客体"你"并无任何动作，"你"只是客观的存在，爱欲体验全部属于经历这一切的"我"，"你"的出现和存在仅仅是给了"我"产生欲望和付出的借口。第四节中，诗人将至高的欲望表达上升到神性的高度：那无非是，天将破晓之时，神祇凝望他自己的造物。

这样的目光只属于爱中的人和以语言为盔甲的诗人——如同世间万物,被爱的人也只有在诗人笔下(抑或目光中)找到表达的时候才摆脱盲目、真正存在,一如后辈诗人安赫尔·冈萨雷斯那句颇有塞尔努达神韵的诗行:"我存在是因为你把我想象出来。"由此,"我"的主体性无限扩大,爱欲体验的长短也不再受两人实际亲密关系的开始或终结所限,而是可以和生命一样长,一如三十年代初期他在散文诗《在海底》中写到的那只"切断的石膏手",可以象征爱的真理[1]。

只是,爱的真理背面是爱的徒劳本质,没有"你的身体允许",这场耗尽十六首诗的爱欲体验只是时间终止之前一个可以被写下来的"神话",隐隐绰绰都是爱情的影子。整首诗中没有出现过任何对爱欲对象具体身形的描写,塞尔努达用完全的抽象和距离感来处理最私密的情绪。对于这一点,诗人在给研究者的信中是这样解释的:"爱欲体验失败之后,我想要做的是重塑爱情的形象。"[2]正如西班牙哲学家玛丽亚·赞布拉诺所言,"身体是永远的、开放的天赋,是无限的可能性,超越时间与空间"。在塞尔努达的世界里,永恒的是爱欲体验,而不是所爱之人,毕竟他早在三十年代那次"大失恋"之后就写过顿悟之言:"死去的不是爱情,/死去的是我们自己"——爱情的客体终究多有变幻心意莫测,分开的结果似也可预见。然而当诗人在《献给一个身体的诗》里"重塑爱情的形象",在他空洞漫长的流亡岁月中

---

[1] "但是什么都比不上一只切断的石膏手。美得让我决定抢走它。从那时起它占据我全部黑夜白天;它抚摸我,它爱我。我叫它爱的真理。"(Luis Cernuda, *Poesia completa*, p.192.)
[2] 1962年8月3日,塞尔努达给德里克·哈里斯的信。(*Luis Cernuda. Epistolario 1924–1963*, p.1048.)

那场最亮彩的重生也随之拥有了超越时间和空间的可能性。

2010 年，80 岁的萨尔瓦多已是儿孙满堂，面对前来采访他的塞尔努达的传记作者，萨尔瓦多说："也许路易斯觉得如果我们之间发生了肉体上的关系，就会毁掉相处的快乐。（……）我不是同性恋，也不是双性恋，我爱他是因为他有一种高一层的感情，就像你在爱一位神。（……）我再没有过像他那样的朋友。他是那种你一辈子只会遇见一次的朋友。……我很想念他。"[1]

附：献给一个身体的诗

XVI　"一个人和他的爱"

如果一切已说明

你与我之间的账目

已经清付，我仍然

欠着你的身体一份债务。

谁能为这份和约

定价，在你里面

被遗忘，最后却借你的双唇

被我的双唇算出？

---

[1] Antonio Rivero Taravillo, *Luis Cernuda. Años de exilio* (1938－1963), p.245.

与生活休战的时候，

无所知，无所爱，

无所盼：你的存在

和我的爱。这已足够。

你和我的爱，当我望着

你的身体睡去

天将破晓。一位神祇也是这样

望着他的创造。

但除非你的身体允许

我的爱终究徒劳：

它只能呈现一个神话

用你美丽的材料。

"他创造了美还是他能够看到"

——读《陀思妥耶夫斯基与肉体之美》

　　1931 年,正在马德里市中心的书店里打工的塞尔努达在《给拉弗卡迪奥·卢基的信》一文中假托书信体表达了对纪德《梵蒂冈地窖》中主人公青春之美的赞叹:

　　毫不夸张地说,作为一本书,它满足了我的需要。一本书……这是多么奇怪而私密的发现;仿佛是可以预见的。在这本书里,有最迷人的主人公,如同歌德笔下的梅菲斯托菲勒斯和陀思妥耶夫斯基笔下的几个年轻人,是我认识的最迷人的主人公之一。想想这本书诞生于怎样的时代;它嘲弄的步伐滑过未知的道路;发现全新的世界,而这个世界又逐渐发现了我们。为什么不说出来呢? 说给我们自己听。因为有拉弗卡迪奥,因为这道由幽默、天资和力量汇成的青春旋风。[1]

　　四分之一个世纪过去,1956 年,辗转英美数年的塞尔努达已在人生中的最后一处客栈墨西哥城落居四年,当初来墨西哥的理由(参见《献给一个身体的诗》)在两年前离开了他的生活,诗人一天天体会到

----

[1] Luis Cernuda, *Prosa I*, p.802.

年岁的衰败,内心深处意识到可能爱欲体验最后的光彩也已经随之离去。这一年,他有感于在《给拉弗卡迪奥·卢基的信》中曾一笔带过的另一位迷人主人公法拉莱("陀思妥耶夫斯基笔下的几个年轻人"之一),写下《陀思妥耶夫斯基与肉体之美》[1]。

　　法拉莱是陀思妥耶夫斯基出版于 1859 年的中篇小说《斯泰潘奇科夫村及其居民》[2]中一个并不起眼的次要人物,塞尔努达却因原作中这位二八年华的少年在仆人舞会上热切起舞的段落(以及嚼糖块的小动作)获得创作这首诗的灵感。在塞尔努达年少之时,相似的舞会场景曾经激起过他最初的对于肉体欢愉的意识。在《奥克诺斯》中,诗人回忆过那些"为瞬间的欢愉彻夜不眠"的人:

　　我看见他们,他们和她们,喝了点酒,面色认真,目光坚定又恍惚,连在一起像是跟随痉挛而非舞蹈的节奏,双手着迷地爱抚美丽的身体,这一日达到顶峰然后就可以沉入死亡。

　　(……)

　　还是孩子的我,欲望并没有形态,心中觉醒的热望也不能在任何事物上具化;我羡慕地想着那些无名的男人,他们在那个时刻尽情享受,也许粗鲁,但是他们对欢愉的认识高出我许多,因为我还只有对欢愉的渴望。[3]

---

[1] Luis Cernuda, *Poesia Completa*, p.493.

[2]《斯泰潘奇科夫村及其居民》并非陀氏最广为流传的小说,可见塞尔努达对这位俄国作家的熟悉程度。不过考虑到对塞尔努达影响至深的纪德曾为陀氏写过多篇文章和演讲稿,这样的阅读也有踪可循。

[3] Luis Cernuda, *Poesia Completa*, pp.570 - 571.

可见，从一开始，在塞尔努达的诗学体系里，欲望就与身体之美紧密相关，他在创作的不同阶段都对作为欲望形态的身体进行过书写，《陀思妥耶夫斯基与肉体之美》是其中较为后期的作品，因而比起早些年的爱欲宣言，更增添了几分沉淀下来的冥思，文体风格意识也有些值得玩味之处。

无论是诗题里煞有介事的并列结构还是第 2 行所谓"探讨肉体之美"的表达都颇有几分论述文的学究气，二者之间夹着的却是第一行毫不严谨（"某一次"）的口语化表达（"老歌德"——仿佛提起随便一个熟人），故作严肃与漫不经心之间形成了鲜明的反差，营造出令人忍俊不禁的氛围，语言的张力立显。第二节同样体现出这样的特点：第 4 行出现含糊的程度副词（"不那么"）并在行末用括号插入"真是悖论"的感叹打断视线的流动，接下来则转而使用"呈现""道德之美""辩证形象"这样书面感、学术性较强的语词。前两节的首行都是以不定限定词（"某一次""某个"）开头，加上第 3 行的"或许"和第 4 行括号里的插入语"真是"所内含的语气，诗人通过在书面与口头、学术化与生活化的语体之间灵活切换，奠定了这首诗的整体语调：刻意为之的轻谈姿态，看似随意提起的话头，背后却是诗人思忖已久的命题，即道德、美与艺术三者之间的关系。

此处的"道德"绝非纲常或教条，而是在陀思妥耶夫斯基作品的语境中，经由探讨肉体之美呈现出来的"道德"，也就是个体的人本身，是人的道德生活和精神生活——"他们的精神气质、他们的生活方式、他们的感情和思想"。1854 年 2 月 2 日，陀思妥耶夫斯基在前往服苦役的路上给哥哥写信道："一个简单的人远比一个复杂的人要更为可怕。"在创作中他也总是愿意强调并保护人物的光明与阴暗，如纪德所言："他喜欢复杂性，他保护复杂性。"陀氏作为作家最深刻的人本关照恰在于体谅每个人物各自特殊的秘密，关心他们复杂的内心问题，通过思辨和写作对人类这个群体的行为及其所处社会进行深入探寻与研究，如纪德所言，用写作提供"心理与道德范畴的某些真理"。这也是塞尔努达相信并实践的写作理念，帕斯在诗人去世后撰写的长文《造就之言》中曾总结道：

　　塞尔努达的诗是对我们的价值观和信仰的批判；他的诗里，毁灭与创造密不可分，有什么增强稳固了就意味着社会上有什么消散了，这一点公平、神圣而不变。一如佩索阿，塞尔努达的作品是一场颠覆，其中的精神宝藏正是在于它试探了整个群体道德系统，无论是传统的权威里创立的东西还是社会改革家们向我们提出的东西。[1]

　　所以，这首诗从歌德"或许出于恐惧"想要却未能探讨肉体之美写起，从而引出陀思妥耶夫斯基对这一主题的处理。从第三节首行冒号后面的部分开始，诗人用了六行之多（超过全诗 1/3）的篇幅结合原著情节来具体刻画法拉莱的美。这种美光彩照人、肆无忌惮，超越理性解释的范畴也无需人类复杂的思考（"无辜""小动物"），不受世俗规则束缚（"无礼""自己的"），在沉湎于欢愉的时候达到顶峰（"爱享

——————
［1］Octavio Paz，"La palabra edificante"，en *Luis Cernuda. El escritor y la crítica*，pp.138－160.

乐""脱力""放光")。这两节的描写从精神上与早于这首诗的其他关于身体之美的创作一脉相承,我们可以很容易联想起《乌鸦,海鸥》中可以制成"不朽迷药"的"金色的鬈发"少年,《欲望的鬼魂》中"我曾多么无用地爱过"的"古铜色身体""发光的身体",以及《年轻的水手》里"水手裤宽大的圆圈爱抚轻巧的脚踝,/胸膛和肩膀延伸到匀称的腰线"的画面。但是,这首诗的特别之处(或者某种程度上说,成熟之处)在于,法拉莱的形象是一个"剧中人",是一层面具,真正引发诗人思考的是陀思妥耶夫斯基作为创造美的人与被创造出的美之间的关系。塞尔努达想探讨的是身体之美怎样以艺术形式为镜被呈现出来,以及艺术创造过程中的流程与问题。

所以,在经过前四节的铺垫之后,我们终于抵达引人深思的第五节:

陀思妥耶夫斯基已经无法告诉我们

他创造了法拉莱还是在生活中遇到,

他创造了美还是他能够看到。

此处,陀思妥耶夫斯基的名字才第一次在诗句中正面出现,这也向读者提示了此节的关键意义。围绕"创造""遇到"和"看到"这三个动作展开的选择题为我们展现出两种不同诗学的碰撞:艺术究竟是复制并呈现美还是创造出了美本身?具体到陀思妥耶夫斯基所代表的作家群体,他是创造了法拉莱的人物形象及其肉体之美,还是说他发现了并懂得看见法拉莱的美?亦即,美是在诗人的目光中才终于存在的吗?

　　诗及此处,戛然将止,《陀思妥耶夫斯基与肉体之美》提出了对艺术创作过程中的几组概念——作者与作品、观看者与被观看的对象、创造与记录——之间关系的探讨,却没有想要抵达任何地方。陀思妥耶夫斯基无法告诉我们的东西,塞尔努达心中或许有答案但最终也没有再多说什么,只留下一句淡淡的"或此或彼都是一样的功劳",因为写作本身,即是意义。

　　遥想陀思妥耶夫斯基当年,曾在贫困潦倒、远赴西伯利亚服苦役、癫痫病不时发作、亲人在几个月间相继去世的多舛命运当中紧紧抓住写作的稻草,并因此找到更高一层的力量。疾病缠身的他在信中写下"丧失勇气实在是一种罪过……尽力地工作,带着爱,这才是真正的幸福",阅读并引述了这一切的纪德不禁感叹:"在陀思妥耶夫斯基看来,我们每个人都有一个高级的、秘密的——甚至对我们自己来说也往往是秘密的——生存理由,它完全不同于我们多数人为自己的生命制定的外在目的。"塞尔努达亦是如此,他对生命的信念源自对身体之美和艺术之美的信仰;成为诗人、成为观看和创造美的人是他认识自己、创造自己乃至爱自己的方式。历经战乱与流离,不遇与孤独,脚下遍布陷落坍塌的坑洼,支撑他继续蹒跚向前的基石恰是——

　　或此或彼,美是永恒的喜悦。

附:陀思妥耶夫斯基与肉体之美

　　某一次老歌德想要

探讨肉体之美，

但最后还是放弃。或许出于恐惧？

某个不那么唯物主义的人（真是悖论），

呈现道德之美的时候，

却为我们留下肉体之美的

辩证形象：法拉莱，少年仆人

无辜又无礼的美，

一跳舞或嚼糖块就兴奋。

他那样活出自己的美，爱享乐的

小动物，跳舞到脱力

牙齿那样雪白，眼睛放光。

陀思妥耶夫斯基已经无法告诉我们

他创造了法拉莱还是在生活中遇到，

他创造了美还是他能够看到。

或此或彼都是一样的功劳。

拓展阅读

落雪内华达

在内华达州
铁路用鸟的名字，
雪铺成原野
制成小时。

透明的夜晚
开出梦幻的光
照在水面或节日里
布满星星的屋顶。

眼泪微笑，
悲伤长着翅膀，
而那些翅膀，我们知道，
带来无常的爱。

树木拥抱树木，

一首歌亲吻另一首歌；

快乐和痛苦

走过铁路。

总有一片雪睡在

另一片雪上面，在落雪的内华达。

《落雪内华达》写于 1929 年 5 月 8 日，法国图卢兹，收录于《一条河，一种爱》。这是他从这年 4 月的巴黎之行开始用四个月时间完成的一本超现实主义风格作品。当时诗人并没有去过美国，只是热切的美国西部牛仔电影的爱好者，因而对那片大陆生出想象与向往。内华达州的名字"Nevada"在西班牙语中恰是"落雪的"之意，于是有了贯穿全诗的"雪"的意象。

在这一时期，塞尔努达开始使用超现实主义者推崇的拼贴（collage）手法，电影、爵士乐的体裁频频出现。《落雪内华达》中"铁路都用飞鸟的名字"一句来自他在图卢兹看的一部默片海报上的话"在铁路上，有鸟的名字"。这并非孤例，同样收录于《一条河，一种爱》中的《白影》一诗是受到他在巴黎观看的第一部有声电影的启发，片名叫做《南方海上的白影》（那一日他在距离爱丽舍宫很近的一家电影院，爬上二层，感受到大海的轰鸣从波涛深处向他漫延）；《我愿独自在南方》更是爵士乐歌曲的同名诗作。

当超现实主义的风潮席卷西班牙的时候，本地诗人却几乎没有采用法国人极力宣扬的"自动写作"。不过塞尔努达也曾表示,自己这两本超现实主义诗集中的作品均为一气呵成,未再做过任何修改。他试图在诗句中表达听觉和视觉受到直接刺激后的应激产物,不经思考、不经谋划的灵感,以此追求即时情绪与诗句表达的直接沟通。多年以后,在解释这种意图时,塞尔努达引用了兰波《文字炼金术》中的一句诗行"一部滑稽剧的标题在我眼里呈现出恐怖的景象"——将一种有张力的经历变化成大脑接收的体验,再由如有神启的语言表达出来。

蛛网挂在理智上

蛛网挂在理智上,
在化成灰烬的风景里;
爱的龙卷风已经过去,
一只鸟都没留下。

也没有一片叶子,
全都走远,像大海
枯干时的水滴,
眼泪再也不够,
因为有一个人,残酷得像春天一个阳光明媚的日子,
仅凭出现就把另一个人的身体分为两半。

现在必须重拾节制的碎片，

哪怕总会缺少一片；

重拾空荡的生命

在行走中指望它慢慢被填满，

——如果可能，再次，一如从前地——

填满不认识的梦境和不可见的欲望。

你什么都不知道，

你在那里，残酷得像白天；

白天，那道光紧紧拥抱一堵悲伤的墙，

一堵墙，你不懂吗？

一堵墙前，我一个人。

　　《蛛网挂在理智上》写于 1931 年 4 月，收录于《被禁止的欢愉》。
有研究者推测他将"蛛网"与"理智"联系起来的灵感可能与要同
"所有的蛛网作战"的尼采及其《查拉图斯特拉如是说》有关（塞尔
努达对尼采的作品有所阅读，并曾赞叹他是欧洲第一心理学家）。
全诗前 20 行都没有出现"我"，直到最后一行，残酷的现实之墙面
前，站着的是"我"（原文使用的是动词"在"[estoy]的第一人称单
数变位），如塞尔努达当时正在阅读的法国诗人勒韦迪所描绘的
现代人处境：一个人面对一堵无尽的墙，墙上没有海报，什么都
没有。

有些身体像花

有些身体像花，

有些像匕首，

有些像水流；

但是所有这些，早晚

会变成灼痕在别的身体里放大，

由于火焰从石头变成人。

只是人总向各方乱撞，

恣意梦想，与风竞相，

直到有天灼痕消失，

他们变回任谁路上的石头。

我，不是石头，而是路，

那些赤裸的脚穿行的路，

我因爱而死为他们所有人；

给出我的身体任他们踩，

哪怕这条路带他们去追逐野心或者云，

却没人明白

什么野心或者云

值不上交托的爱。

《有些身体像花》写于 1931 年 4 月 14 日,收录于《被禁止的欢愉》。首节的罗列("花""匕首""水流")看似跳跃而随意,却如同洛特雷阿蒙笔下"雨伞和缝纫机"的相遇,用事物之间意想不到的组合构建了超越日常的另一重现实,并将它固定下来成为既成的基础展开此后的诗句。

我想知道为什么这死亡

我想知道为什么这死亡
一看见你,喧闹的少年,
黑色星辰下熟睡的海,
还布满海妖的鳞片,
或是展开的绸缎
变成夜里的火
悸动的和声,
金色像雨水一样,
阴沉像生命有时那样。

你没看见我却站在我身旁,
无知的飓风,
星星蹭过我的手放弃永生,
许多世纪的回忆,你明白
爱是怎样的斗争

当两个相同的身体噬咬对方。

我从没见过你；

我望着小动物在绿太阳下嬉戏。

不担心狂躁的树木，

我感觉到光在我体内切开一道伤口；

那痛楚展示出

这昏暗的形态怎样反射着远处的光

显得光芒万丈。

那样光芒万丈，

以至我失去的时间，我自己，

我们都摆脱那阴影，

为了只做

光的记忆；

光里我看到自己遇见，

绸缎，水或树木，一瞬间。

《我想知道为什么这死亡》写于 1931 年 4 月 17 日，收录于《被禁止的欢愉》。诗人把欲望视为一种宇宙现象，仿佛飘浮在时空中亘古不变的存在。少年的化身都是大自然的事物，不自知地降临，掀起飓风。他是一片熟睡的海，他是太阳下毫无心机的小动物，他是水，是夜里的火。在 1936 年版和 1940 年版的《现实与欲望》中，这首诗的第

25 行和第 26 行之间另有两句："欢愉的夜里/纠扰的喊叫蹭过匿名的命运。"此外，"喧闹的少年"在原文中因阳性形容词"rumoroso"的使用而凸显出这首诗作为同性情欲诗的本质。

"死去的不是爱情" *

死去的不是爱情，
死去的是我们自己。

最初的单纯
废止于欲望，
别的遗忘里遗忘自己，
脉络交缠，
为什么活着既然有天你们会消失不见？

只有看着的人活着
总能看见面前他的晨曦的眼睛，
只有吻着的人活着
吻到那个被爱举高的天使身体。

---

   * 编者注：原诗无题，用首行取代。

痛苦的鬼魂，

远远地,那些别人，

爱情里错失的人，

像梦中的记忆，

穿梭在坟墓间

拥紧另一种空。

在那里来去或呜咽，

站着的死人,墓石下的生命，

捶打着无能为力，

用徒劳的轻柔，

抓破影子。

不,死去的不是爱情。

《"死去的不是爱情"》写于 1932 年 11 月 27 日,收录于《遗忘住的地方》。这本诗集标志着塞尔努达结束超现实主义时期,重回浪漫主义。诗集题目引自十九世纪西班牙浪漫主义的集大成者贝克尔的《诗韵集》第 66 首,原出处如下:

一块孤零的石头

没刻一点字，

遗忘住的地方，

那里将是我的坟墓。

而塞尔努达的这本诗集原是失恋后的产物,贝克尔诗中遗忘与死亡的关联在这里被挪用为爱情与死亡的古老类比。在诗集的扉页上,塞尔努达写下:

像刺猬一样,你们知道的,人类有一天觉得寒冷。他们想分担寒冷。于是发明了爱情。结果,你们知道的,像刺猬一样。

爱情消失以后,那些因爱而生的快乐和痛苦剩下什么?什么都没有,或者更糟;只剩下对遗忘的记忆。好在刺的影子不扎人;那些刺,你们知道的。

下面是对一次遗忘的记忆。

1933 年 1 月,诗人在散文诗《学着遗忘》(收录于《奥克诺斯》)一篇回忆了这本诗集背后的故事:

于是你微笑,你交谈,(笑什么? 同谁谈?)像随便哪个别人,尽管很快你会将自己关进房间,独自躺平在一张睡床,那段溃烂而可悲的爱情里每个情节又在记忆里徘徊,没有平静在夜里入眠,没有力气去面对白天。就这样存在,等待着你,不在身外而是在你里面,你都不想回望的地方,像一场不治之症,休战只能让它麻木,却无法驱它离开我们。

Dans ma péniche

我想活在爱情死后；

死吧，死吧，我的爱。

欲望紫红色的胜利像尾巴一样敞开，

哪怕相传爱人埋葬在突然的秋天，

哪怕喊出，

"这样活着就是死亡"。

可怜的爱人，

你们全凭年轻叫嚣；

让死亡适合噬咬生命的男人。

让他的额头疲倦地落入手中，旁边

桌上任一本悲伤的书发出球形光彩；

但是你们体内还新鲜馥郁地流淌

某日装饰年轻得胜者的轻渺欧芹。

过于确信地留下某个孤单新坟的远景，

还有幸福，尘世光线下还有悚人的幸福可攻克。

爱人，在你们眼前，

爱情死后，

大地和海洋的生命一起黯淡；

爱情，兴奋的欲望可人的摇篮，

欲望已经变得如此消沉，总是短暂，

像那个闲逸水手弹拨吉他，

酒精的光线，狮毛金色像一缕头发；

黄昏的阴影覆上你们忧郁的巢穴；

万物勉力而沉默。

人的胸腔最终总是这样

当笃定的旋律不再温柔地沸腾，

愉悦中断之后

一种固执的热望填满新的静默。

可怜的爱人，

你们交换童年的抵押品有什么用？

信件，刚从光里剪下的鬓发，古铜色绸缎或黑色翅膀？

那些鬼祟之手的傍晚，

颤抖的摸索，喘息的嘴唇，

朝拜一个虚荣轻巧的性别，

所有那些"啊我的生命""啊我的死亡"，

所有，所有，

泛黄坠落随风逃窜再不回来。

哦爱人，

被铁链锁在伊甸的苹果树之间，

爱情死后，

你们的残酷，你们的怜悯都失去囚徒，

你们的怀抱坠落如苍白的瀑布，

你们的胸膛静止像没有翅膀的山岩，

你们如此蔑视所有不戴丧礼面纱的，

在梦的坟墓里含泪繁衍，

放任自由坠落，孩子一样无知，

自由，时日的珍珠。

但是你和我都知道，

在我飞逝的房子下方，河中滑过你老练的生命，

当男人的四肢没有被爱情的魅惑网眼捆结，

当欲望像一朵炽热的白百合

献给我们身边所有闪耀的美丽身体，

这样一个夜晚值过多少，暮春初夏之间模糊，

这一刻我听见夜林轻微的劈啪，

满足我自己，也符合别人的漠然，

我独自和我的生命

和我在世上的角色一起。

年轻的萨提尔

你们住在丛林，嘴唇上挑面对血色尽失的基督教神，

商人供奉他为了卖出更好价钱，

年轻萨提尔的脚，

在爱人哭泣时把舞跳得更灵动吧，

同时抛掷温柔的悲歌

唱着，"啊，爱情死后"。

因为此刻自由已经诞生暗沉残酷；

你们无心的欢乐懂得加固自由，

欲望将疯狂地围绕追随美丽的身体，

它们让世界在一个独一的瞬间死而复生。

《Dans ma péniche》写于 1935 年 6 月 23 日，收录于《呼祈》，原诗题即为法语，意为"在我的屋船里"。这首诗最初题为《爱情死后》。激发这首诗灵感的两首法语歌曲分别是：1930 年由玛琳·黛德丽在电影《摩洛哥》中演绎的慢拍华尔兹《爱情死后》（Quand lámour meurt）和同年由亨利·阿利波特演唱的《在我的屋船里》（Dans ma péniche）。根据塞尔努达故交罗萨·恰塞尔的记述，1934 年或 1935 年，两人在某个场合听到有人用悲伤的声音唱起《爱情死后》，塞尔努达在她身边突然说："爱情死后剩下欲望，我要写首关于这个的诗。"——在我们的诗人笔下，新生（una vita nuova）并非开始于对爱的发现，而是开始于爱的消失，在爱情死后。

第三辑
诗人之为天职的代价与荣光

"我在人群中爱着他们"

——读《守灯塔人的独白》

1931 年 4 月,西班牙第二共和国成立,这个在二十世纪初深陷社会危机的国家几乎就要等来渴盼而亟需的变革。那时候,西班牙有40%的人口都生活在总人数少于五千人的乡村,全国人口中平均每十个人里就有四个是文盲,在一些乡村和偏远地区文盲的比例甚至达到了七成。于是,当年 5 月末,共和国政府决定组织"乡村教育使团",旨在为最偏远的乡村也带去"进步的气息"。项目的总负责人是资深教育家巴特洛梅·科西奥,他坚信只有知识和教育才能从根本上让西班牙成为一个有能力解决自身危机的现代化新社会,笃信每个人——无论生活在城市还是乡村、无论贫穷富裕、无论知识水平高低——都平等地拥有享受文化财富的权利,因而想要通过推广文化教育填补乡村与城市之间的鸿沟。在挑选使团成员的时候,科西奥特别提出,参与者除了具备文化艺术方面的专业能力,还要认同"乡村教育使团"的理念,相信每个人都应该有权平等地享有文化资料,并真诚地抱有和当地村民沟通交流的意愿。

建立乡村公共图书馆和流动图书馆成为"乡村教育使团"前三年投入最多的项目,有近六成的预算都用于建设和维护图书馆。包括马查多、赞布拉诺、洛尔迦在内的许多知识分子都参与到这项浩大的运动中,塞尔努达也不例外。1931年秋天,在书店打工的塞尔努达决定暂时停下工作加入到乡村图书馆的建设中。次年夏天,他又参与了"人民美术馆"巡展项目,将由几位青年画家按照一比一比例临摹的28幅普拉多博物馆收藏的世界名画分成两组,去西班牙最穷困和偏远的农村举办流动展览。画展在每个村庄停留一周左右的时间,由于场地限制,经常需要灵活变通。比如,在一个昵称"采石场"的小村子,整个村庄的房子都太矮了,没有一个室内场所能有足够高的净空挂这些画,最后大家只能站在村政府的阳台上,把画一幅一幅举起来展示给挤在阳台下面的村民看。

从一开始,这个流动的美术馆就决定要展出真实尺寸和质地的油画,而不是更为便宜和易于运输的小张印刷品。科西奥解释说:"我想把一些人类艺术史上最伟大的作品展示给那些从没见过油画的人看,因为这些画也是属于他们的。我没有想教会他们什么,只是想让他们知道这些画存在,我想让他们知道,虽然这些画保存在普拉多博物馆,同样是属于他们的。"

"人民美术馆"所到之处都受到空前的欢迎,这些村民几乎从来没有见过任何艺术作品,不知道任何画家的名字,但是我们可以在史料照片里看到,当他们第一次看见戈雅的《1808年5月3日》或委拉斯凯兹的《宫娥》的时候,都争先恐后地挤到画作前,流露出痴迷和赞叹的表情,更有一些小孩子坐在地上用炭笔跟着涂涂画画。

在写于1933年的散文《西班牙的孤独:与人民美术馆共度的日子》中,塞尔努达感叹道:"恰如贝克尔的诗韵中被遗忘的琴音,也许在这片大地的角角落落总会有人等待着那个充满爱意的臂膀从他了无生气仰卧的阴影里激发他的精神。有可能让这样僵硬、小气的西班牙式生活变得轻盈、丰满起来吗？也许为之努力的方式就在我们手中。"作为后世读者的我们早已知晓诗人在此后数十年里将要经历的幻灭与流亡，复而读起这样的豪言难免感伤，可是彼时彼刻，塞尔努达是真真正正在一腔热血地接触西班牙最底层的民众，并且对艺术与美对人心的洗练抱有最质朴的希冀与信心。

　　与此同时，塞尔努达对诗歌的自觉与理解也在三十年代中期来到了新的层面。1934 年秋，时年 32 岁的诗人意识到自己彻底告别青春步入人生的中段，自述"对马查多和希梅内斯式的短小诗歌倍感厌倦（他们大概已失去写作的感觉），我觉得想说的话需要更长的篇幅与更大的广度"，于是开始创作一部题为《呼祈世上的恩典》的诗集（在 1958 年的第三版全集中塞尔努达将诗集名缩略为《呼祈》，"以免显得太自命不凡"），十首诗中有八首超过了五十行，想要通过"打破此前几年被称为'纯'诗歌的短小限制"拓宽自己的诗意体验边界。纵观塞尔努达一生的诗学精进轨迹不难发现，他同更为广袤意义上的诗歌传统的每一次靠近都会在自身的创作发展中留下印迹与回声，那么，在《呼祈》这一辑长诗的字里行间，我们第一次明确读到了德国浪漫主义抒情传统的智慧精华：歌德、荷尔德林、诺瓦利斯……他们是塞尔努达与中欧诗歌传统的第一次密集接触，此前他的阅读谱系与大多数同时代的诗人一样几乎完全集中在比利牛斯山两侧的西法两国，但是当法国超现实主义的狭窄导向开始令他厌倦的时候，塞尔努达的阅读兴趣开始转向德语和英语世界的诗人，还为此学习这两种语言。恰是在创作《呼祈》期间，塞尔努达较为系统地阅读乃至翻译了荷尔德林,于 1935 年出版了西语世界的第一册荷尔德林诗选集,并将之称为"我作为诗人最有意义的经历之一"[1]。

这样的社会大背景与个人阅读史都与收录于《呼祈》的《守灯塔人的独白》[2]密不可分。这首诗写于 1934 年 9 月 24 日,当时塞尔努达正跟随"乡村教育使团"在伊比利亚半岛最南端加的斯地区一个名为奥尔维拉的小镇为村民送去美术展、图书、电影放映和话剧演出。性格内向的诗人素来不甚健谈,乐于做躲在一旁凝视众人与生活的角色。乡野中忙忙碌碌之余,总听得海浪的喧嚣迫近,不禁想象出一个得以远离人群、沉思过去和未来的人物形象:守灯塔的人——既可享受与陆地相隔海水的孤独,却又不是为了避世,反而可以注视"世界的美",甚至用光亮警醒世人(相信文化之于民众的意义正是他参加"乡村教育使团"运动的初衷)。这几乎是塞尔努达内心深处对于诗人天职最完美的具化想象:既是命中注定对造物之神秘、世界之大美的感知与传达,也是不可调和、无法避免的孤独。

1935 年塞尔努达第一次向公众朗读自己的作品时,曾在开始前对听众做了一小段讲演,其中谈到歌德与埃克曼对话中提及的"精灵"(Daemon)力量,全然认同歌德所说的"精灵在诗里到处都显现,特别是在无意识状态中,这时一切知解力和理性都失去了作用,因此它超越一切概念而起作用"以及"精灵是知解力和理性都无法解释

---

[1] Luis Cernuda, "Historial de un libro", en *Prosa I*, p.641.
[2] Luis Cernuda, *Poesia Completa*, pp.223–225.

的。我的本性中并没有精灵,但是要受制于精灵"。[1] 塞尔努达认为这种力量决定了"诗人永远是革命者",不仅要与外部世界作斗争,更要与看不见的渴望缠斗:诗人拥有可以看见隐秘之美的天赋,生出非写不可的表达冲动,却也必须承受世间大美不可言说、无从沟通的宿命。诗人的孤独由此而生,普鲁斯特在《圣伯夫的方法》中也曾有过同样的顿悟:"文学工作是在孤独状态下,让对他人说的同时也是对我们自己说的话语都沉默下来。……孤独的真实也只有艺术家才能真正体验到,真实就像一尊天神,艺术家逐渐与之接近,并奉献出自己的生命,艺术家的生命原本就是礼敬神明的。"

　　这样的"孤独"贯穿《守灯塔人的独白》,作为关键词从第一行就在呼语中炸响。"怎么填满你"的发问令人不禁想起奥登在长诗《海与镜》序幕中所写:

　　　　艺术睁开它最可疑的眼

　　　　看见肉体和魔鬼烧热

　　　　诱惑的宫殿房间

　　　　英雄在里面嘶吼然后死去。

　　　　现在有人同情我们了;

　　　　多谢这个夜晚;但是我们怎样

　　　　才能满意我们遇见的?

　　　　在"我要这样?"和"我将这样"之间,

---

[1] Luis Cernuda, "Palabras antes de una lectura", en *Prosa I*, p.605.

雄狮的大口，它的饥饿

没有什么比喻能填满。

　　此处奥登借剧院导演之口表达了艺术的世界仅能用以让日常生活的时间虚假地暂停。普洛斯彼罗的错误在于他全凭直觉误以为艺术的法术可以拯救生活，也就能把他自己从生活中解救出来。他想通过艺术（法术）用意义填满空无（无论是个人还是公众的虚空）。西班牙诗人吉尔·德·别德马（也是深受塞尔努达影响的后辈）曾指出："整个现代诗歌的基本主题就是试图解释人与神圣个体之间的关系，是想复原绝对个人化的神圣意义。"[1]艺术家将艺术作为逃离生活之局限性的救生舱。艺术本身却有无法逾越的局限性。或早或晚，会出现没有任何比喻可以填满的空无。当这一天到来，艺术家并没有准备好面对这样的残酷。

　　而塞尔努达笔下的"我"没有直接给出这样残酷的回答，而是在第二节追忆起了童年。诗中的童年生长于孤独的基底之上，一如诗人在散文诗集《奥克诺斯》中描摹过的往事，二十世纪伊始一个西班牙小城孩子的童年：每日追随植物的生长、呵护新芽的萌发，感觉自己行了造物的神迹；湖沼般迷蒙的气氛里，只有他看得见温室转角有只优雅的生灵；他在夏日灼热的晨光里跟着家人去教堂，路过热闹街区最安静的样子；他偷跑进父亲的书房，在体积庞大的硬皮书里读到遥远城市的名字……老家房子的庭院里，孩子独自坐在大理石台阶上抱

---

[1] Jaime Gil de Biedma, *Obras：poesia y prosa*, p.1262.

着一本旅行游记或是贝克尔的诗集,整个人被遮阳篷笼罩在昏黄的凉意里,喷泉周而复始的声音慢慢褪成背景,仿佛沙漏来回翻转重复永恒的现在,时间悬停在空中,轻盈而美妙。孤独仿佛他的影子,是他最亲近的同类。

然而,进入第三节,沿但丁传统而来的"迷途"主题浮现,步入青年,引人背叛的热望袭来,"我"在对朋友和爱人的渴望中想要逃离孤独,第14行中"平静的光"和"漫溢的渴望"与前节第6行"未来的曙光"与"摸索的夜晚"对照而立。然而对孤独的拒绝只换来第四节中的通盘失望,微末爱情或是逢场作戏的友情不能填补诗人生命的空洞,初恋的破灭,只留下"被禁止的欢愉"(第26行),那也是他第四辑诗集的名字,此时"我"还在吞咽梦与遗忘,想把此前种种统统抛下。说到底,爱情也不过是"被削去的尾巴上一个名字"(第25行)罢了,况且,如他在后来的诗作中所写:

> 如果爱情不是一个名字,
> 不是嘴唇一次无用的经历,
> 我想我爱过你。
> 但这已经不再重要。[1]

至此回忆的部分结束,作为"人生既半"(自但丁到荷尔德林的传统母题)的总结,第五节中的"我"停在原地,急于清算过往,成为一个

---

[1] Luis Cernuda, *Poesia Completa*, p.345.

"新人",第41行,寻找终于得见,"我"找到了完全属于自己的孤独,
借着孤独给予的"力量和脆弱"(第42行)开始新的生命阶段,重新找
到与神圣世界的连接点,变回天赋圣职的存在。"我"曾从孤独中出
走,经历谎言、背叛、失望,一无所获,最终如浪子重回孤独的怀抱。

随后"雨""树林""太阳""大海"等意象接连出现,在表达风格上
与诗人对荷尔德林的总结如出一辙——"说胡话一般断续,但诗意半
点没少",这些自然意象连同美而有力的身体一起在塞尔努达心中构
成完美的天赋和神圣源头(第56至63行):

> 你是浩渺的拥抱;
>
> 太阳,大海,
>
> 黑暗,荒原,
>
> 人和他的欲望,
>
> 发怒的人群,
>
> 不都是你本身?

实际上,不仅是《守灯塔人的独白》这一首诗,整本诗集里,大海
都是塞尔努达最频繁呼祈神圣力量的地方——无论是《致一个安达
卢西亚少年》[1]("你更像大海/几块破旧布料遮掩你的身体;/你是
最初的形式,/你是对自己的美丽毫无知觉的力量"),还是《年轻的水

---

[1] Luis Cernuda, *Poesia Completa*, pp.221–222.

手》[1]("你只回应唯一的主人:/大海,唯一能拥有你/扮演你生命的造物")。自诸神时代,大海就是神话聚集发生的场所。正如荷尔德林在《许珀里翁》中所写:"我黑暗的灵魂几乎无法抵挡大海与空气的作用。我任凭它们带领,从来不问任何关于我或关于其他人的问题,半梦半醒之间我任凭船只的摇曳揽住我。从遗忘之杯中畅饮多么甜蜜!"

第六节守着灯塔眺望海浪的形象与诗人的形象合二为一,此刻"我"的孤独不再是童年时受外部条件所限不得已的唯一玩伴,而是自主选择而来,与人类及其热望更为迫近相关:"我是暗夜里的钻石围绕警醒着人类,/我为他们而活,哪怕看不见他们的时候"(第48至49行)。塞尔努达心目中的诗人形象并非孤独的隐修士,而是守灯塔的人,哪怕不被大众接受(被视为与世隔绝的"怪人"),却始终保持着与人的联系,遥远地警醒着陌生的人类,乃至隐匿于世地爱着他们(第51行)。虽然"我"独自一人,却与灯塔相守,成为暗夜里苍茫大海上唯一的光源,指引着迷途的海员。这是塞尔努达对于诗歌之功用、诗人之荣光的信仰的极致体现。恐怕也是终其一生对当下与未来最笃定的时刻了。这样理想化的设想最终会在两年后的夏天洛尔迦和伊诺霍萨的相继死亡里骤然坠落、打回原形。

诗人因孤独被放逐,却也因孤独而有所发现(第33行),疏离的姿态不是为了拒绝世界而是为了重新发现世界。如今回顾孤独之浩

---

[1] Luis Cernuda, *Poesía Completa*, pp.236 – 242.

渺拥抱(第 58 行)的他复得童年以后就失落的乐园。最后一节极具
揭示性,"曾经"与"此刻"的时间对照,人到中年的诗人意识到孤独已
经成为他生而为人不可或缺的条件,他不可能再以其他方式存活。
1936 年,萨利纳斯在读过塞尔努达的第一版诗全集后认为他的诗歌
饱含种种孤独,并用西班牙抒情传统中最优秀的代表予以解读:"如
加尔西拉索其诗其人的爱之孤独。如路易斯·德·莱昂修士和圣十
架胡安笔下的欲望与渴盼之孤独。如贝克尔所写的热望落空之孤
独。"[1] 从第 5 行的"寻找你"到第 41 行的"我找到你",《守灯塔人的
独白》是诗人对孤独从寻找经由回避(拒绝)到寻见的过程。塞尔努
达在为自己翻译的荷尔德林诗歌选所作前言《荷尔德林,页边记》[2]
中写道:"像荷尔德林这样的诗人只有否定自己,只有消失,才能认出
自己。"那么,这首诗中的"我"也是通过找回孤独的方式消失在苍茫
大海之上,从而认出自己。

如前所言,塞尔努达写作这首诗的时候正在阅读和翻译荷尔德
林,翻译过程中他采用了以 5 音节、7 音节、9 音节和 14 音节(7+7)组
成的混合格律(即"现代席尔瓦体")作为主要格律形式,不拘泥于韵
脚和长短句的规律,但仍然最大限度地保证了音乐性。《守灯塔人的
独白》采用的也恰恰是这种在西班牙传统格律基础上诞生的更新版
格律策略。而从诗歌所表达的内容上,那位生前曾在"神智混乱的黑
夜"中度过三十六年的德国诗人为塞尔努达打开了一个新的世界,让

---

[1] Pedro Salinas, "Luis Cernuda, poeta", en *Luis Cernuda. El escritor y la
   critica*, pp.33 – 39.
[2] Luis Cenruda, *Prosa II*, pp.103 – 105.

他对诗人的荣光有了更深的认识。守灯塔的人独自高高在海面之上，彻夜不眠，从日出日落到斗转星移，孤独给他力量，予他休憩。而且，这灯塔始终发着光，暗夜里给人以警醒，指引人方向，这本身就是特殊的"被拣选"的存在。那是荷尔德林笔下的诗人"在神圣的黑夜中走遍大地"的孤独——孤身独涉，如此等待，沉默无言。也是塞尔努达讲演中为诗人设计的命运："通常情况下诗人不能预设会有公众听他说话。诗人是自言自语的，或者说是讲给几乎不存在于外部世界的什么人听的"，与此同时，"诗人在本质的孤独里笃信自己正在聆听神圣的声音"。

这是塞尔努达第一次尝试在诗歌中虚构的人物与诗人自己的声音之间建立类比的联系，这成为后来他创作戏剧独白诗的雏形。为了体现对人生既半的思考，诗人选择创造一个人物，为其打造特定的话语形式，在独白体的面纱下建立"戏剧人物"与诗人声音之间的类比，用一个想象出的人物为面具代替诗人发声。这样的话语策略在他成熟期（流亡后）的诗作中得到了更为深入的挖掘，尤其是阅读了堪称英语世界戏剧独白诗鼻祖的罗伯特·勃朗宁的作品后，此前在《守灯塔人的独白》中跟随诗歌直觉的浅尝忽然有了可以容身的传统框架。诗人曾回忆说："我从英国诗歌、尤其是从勃朗宁那里学到了如何将自己的情感体验加诸一个历史场景或者历史人物中，好让这种个人体验从戏剧或诗歌的角度都更加客观化。"1958 年，塞尔努达在重新审视往日作品时曾甚为惋惜地说："让我自己来说说对这些作品最严厉的批评，那就是我并不总是知道也不总能很好地保持'承载感情的人物形象'（el hombre que sufre）和'创造人物形象的诗人'（el poeta que crea)之间的距离。"[1]这句话引用自艾略特在《传统与个人才能》一文中提出的"一位艺术家越完美,他就越能将承载感情的人物形象（the man who suffers）和创造这一形象的大脑（the mind which creates）完全区分开来"。塞尔努达对艾略特的这一观点颇为认同,自己也曾在创作中后期试图向"完美艺术家"的方向努力,但是他始终无法抗拒对表达主观情感的需求和冲动,因而在他创造的客观人物形象深处,总能折射出诗人自己。

套用戏剧独白诗研究者罗伯特·朗巴姆的分析（戏剧独白诗模仿的不是生活,而是某一个人的生活体验和视角）,《守灯塔人的独白》讲述的是第一人称说话者的生活,读者却可以读到塞尔努达本人的生活体验和视角,守灯塔人的声音与诗人的声音在独白中形成复调,忠实记录了彼时彼刻的内外背景下塞尔努达的万千思绪。一方面是他对诗人与民众之间关系的思考,1934 年至 1935 年已是西班牙时局动荡、第二共和国岌岌可危的时刻,作为"乡村教育使团"和其他种种变革的亲历者,产生对诗歌乃至艺术之功用的思考顺理成章。在塞尔努达心中,诗人与民众的理想关系,是恒定的守灯塔人与大海上过往众生之间的关系,相距遥远,互不相识,他的诗歌却若灯光,指引方向,并最终表达着深沉的爱。这是一种古典意义上的诗人对民众的爱,作为神与人的媒介,用言语传递真理。另一方面则是他对诗人天命与本质孤独的思考。他知道真正的诗人无论是否或怎样参与社会事务都无法摆脱外在的敌意和内心的孤独（小说家胡安·戈伊蒂索

---

[1] Luis Cernuda, "Historial de un libro", en *Prosa I*, p.660.

罗这样评价当时的塞尔努达："哪怕在他向社会频投冷箭的时候,内心深处却已经是个流亡者了"),伴随诗人天职而来的是摧枯拉朽的精灵力量,使得诗人必须孤独地生、孤独地死。但这种孤独并非住在象牙塔里,而是从一座高台上看着并试图理解这个世界,分离和边缘化成为必须,没有这个距离,诗人就无法像守灯塔人那样"点亮"苍茫大海。在塞尔努达看来,这种与世隔绝对他的诗歌创作是绝对有益的。在题为《孤独》的散文诗中,他写道:

> 你和他人之间,你和爱之间,你和生命之间,是孤独。只是这孤独,将你与一切隔开,却不令你悲伤。为什么要悲伤? 你和一切结清的账目——和土地,和传统,和人——没有一样像你欠孤独的那么多。无论多少,你成为的所有,都来自孤独。……远处的星群中间,属于你的星星在闪动,像流水一般透彻,发着光像煤炭变成钻石:那是孤独之星,对太多人都不可见,对有些人却明显而有益,那里面,你幸运地可以算上自己。[1]

海子曾在《我热爱的诗人:荷尔德林》中谈到荷尔德林的诗歌全部的意思就是:"要热爱生命不要热爱自我,要热爱风景而不要仅仅热爱自己的眼睛。做一个诗人,你必须热爱人类的秘密,在神圣的黑夜中走遍大地,热爱人类的痛苦和幸福,忍受那些必须忍受的,歌唱那些应该歌唱的。"写下《守灯塔人的独白》的塞尔努达将荷尔德林对待世界的这种态度彻底内化成了他自己的,接受了注定孤独而悲剧的结

---

[1] Luis Cernuda, *Poesia Completa*, p.604.

局,因而能在此后的颠沛中,对抗种种,不懈写作,并抵达与生命的某种和解。

附：守灯塔人的独白

怎么填满你,孤独,
只有用你自己。

儿时,地上可怜的处处遮蔽下,
我从一个黑暗角度,
安静地寻找你,点燃的千日红,
我未来的曙光和摸索的夜晚,
在你那里我隐约看见它们,
自然又精确,自由而忠实,
像我一样,
像你一样,永恒的孤独。

后来我迷失于不义的大地
像在寻找朋友或被忽视的爱人;
与世界相悖,
我是平静的光,漫溢的渴望,
在阴沉的雨或晃眼的阳光下

我想要一个背叛你的真理，

忘却在我的热望里

像逃亡的翅膀创造自己的云。

当我用秋天层层的云

遮蔽我的眼睛，秋天却溢出光

属于在你那里隐约看见的曾经的日子，

那时我拒绝你换来几乎一无所有；

换来不定亦不伪装的微末爱情，

换来长沙发投足间的平静友情，

换来鬼魂世界被削去的尾巴上一个名字。

换来古老的被禁止的欢愉，

仿佛被允许的恶心，

只能用于窃窃私语的优雅大厅里

说谎的嘴和冰制的词语。

因为你，此刻我遇见故人的回声

我曾经是他，

我自己用青春的反叛玷污了他；

因为你，我此刻遇见，密布的发现，

没有别的欲望，

太阳，我的神，喧嚣的夜晚，

雨，永远的私密，

树林和它异教的呼吸，

大海，大海美如其名；

特别是那些，

黝黑匀称的身体，

我找到你，你，完全属于我的孤独，

你给我力量和脆弱

像岩石怀抱一只疲倦的鸟。

手肘撑着露台，我不竭地眺望海浪，

我听见它暗沉的咒语，

我凝视它白色的爱抚；

屹立在不眠的源头，

我是暗夜里的钻石围绕警醒着人类，

我为他们而活，哪怕看不见他们的时候；

就这样，在远离他们的地方，

已经忘记他们的名字，我在人群中爱着他们，

暗哑暴烈如大海，我的安歇之所，

只等一场燃烧的革命

或者交托归顺，像大海那样

当它征服的力量应当安憩的时刻敲响。

你，孤独的真理，

透明的热情，我始终的孤独，

你是浩渺的拥抱；

太阳，大海，

黑暗，荒原，

人和他的欲望，

发怒的人群，

不都是你本身？

因为你，我的孤独，曾经我寻找他们；

在你那里，我的孤独，此刻我爱着他们。

"所以他们杀了你"

——读《致一位死去的诗人》

　　加缪曾说:"在西班牙,人类学到了我们可以是正确的但是依旧战败,学到了蛮力可以毁灭精神,学到了有时候勇气本身并不是足够的奖赏。毫无疑问,这就解释了为什么有那么多人在世界走到尽头的时候把这场西班牙戏剧视为个人悲剧。"而这场悲剧的开端,是一位剧作家的死亡。1936年8月19日,破晓的时候,诗人洛尔迦在他自己的格拉纳达死于漆黑的枪口,死于比枪口更漆黑的真相。彼时,自佛朗哥在北非率兵发动政变,西班牙内战刚刚爆发一月有余,积蓄已久的矛盾和危机终究演变成地动山摇的崩塌,整个国家极速陷入群体的混乱与癫狂。当犯罪的代价在战争的面纱笼罩下显得微乎其微,用鲜血报复鲜血来得很是容易。知识被踩在脚下,任何异见者、少数者都成为遭受唾弃的理由,不世出的天才诗人、剧作家未能幸免。

　　二十世纪初,西班牙在"98年一代"知识分子的忧患思考中开始变革,以自由教育体系和马德里大学生公寓为核心与载体的教育改革初见成效,培养了一批又一批思想开明、知识多元、互通有无的知识分子。"白银时代"自"98年一代"知识分子起,经由以诗人希梅内斯和哲学家奥尔特加·加塞特为代表的"14年一代",最终在以洛尔迦、纪廉、迭戈、塞尔努达等年轻人为代表的"27 年一代"达到顶峰。1936
年 4 月 21 日,洛尔迦做东在马德里马约尔广场回廊下一间名为"红"
的饭店为挚友的诗集出版举办宴会,席间他提议为塞尔努达举杯,
"让我们为《现实与欲望》干杯,这是当今西班牙最好的诗集之
一"[1]。那场宴会是"27 年一代"诗人及他们知识艺术界的许多朋
友最后一次共同聚首,合影照片上那些或神采飞扬或屏息凝神或目光
流盼的身影,很快将被夺走手中杯盏,彻底卷进历史的洪流——7 月
17 日西班牙内战爆发,洛尔迦和伊诺霍萨在那年 8 月分别被内战双
方的军队杀害,此后三四年里,在座宾客有的在淌血的大地上做无能
为力的见证者,有的错愕于瞪红眼的同胞闭门不出,有的参与战斗又
不得不远走他乡,翻越比利牛斯山或横渡大西洋,这一代人作为知识
分子群体的声音在内战的硝烟中戛然而止。

　　当洛尔迦的死讯传来时,塞尔努达回忆起他们的最后一次见面,
就在他被捕前几天:

　　当天晚上,我们先是在一家小酒馆里久坐,那家店古旧的氛围颇
有西班牙传统风格,他很喜欢。后来我们在家里一直聊到很晚,从敞
开的阳台已经听不到街头任何喧闹声。大概是凌晨 3 点,当他意识到
时间的时候,很匆忙地起身告辞。他从来不是个着急的人,也永远不
会失态。可是那一次,他对我说,他不想等到破晓时分还在街上,表情

---

[1] Federico García Lorca, "En homenaje a Luis Cernuda", en *Luis Cernuda. El escritor y la crítica*, pp.25 - 26.

显得惴惴不安。我们一起出门，我陪他走过漫长的昏暗的楼梯，我们在街口告别，路灯已经熄灭，他急急忙忙去拦出租车，逃避黎明的曙光，仿佛清晨第一缕苍白的光明宣告的并非新生，而是死亡；那种黑暗与光明之间的变幻，人类无法毫无风险地欣赏。

我以为几天后我们还会再见。那时我即将动身前往巴黎，走之前我们几个朋友约好在家里相聚作为告别。到了那天，当天早上卡尔沃·索特罗被杀害。傍晚时分，我们一边谈论上午发生的事，一边等费德里科·加西亚·洛尔迦。这时有人进来告诉我们不要等他了，因为来人刚刚把费德里科送到火车站，他已经坐上回格拉纳达的列车。有些失望的我们沉默地坐在桌旁。现在想来，那一刻，魔鬼一定在笑我们。[1]

回头想想，那是怎样"轻渺的告别"（ligera despedida），对随后降临的残忍与哀恸浑然不知，最后的天真时刻。那个致命的夏天过后，塞尔努达从秋天开始为死去的友人写诗，数易其稿，始终在为一个问题寻找答案，那个最直接、最原初也最痛心的问题：为什么洛尔迦会死？在 1936 年 9 月的第一版悼诗草稿中，塞尔努达写道：

我们寻找爱却找到恨

那时我们还不懂得仇恨的力量

---

[1] Luis Cernuda, *Prosa II*, p.151.

是最强大的。

(……)

是仇恨啊费德里科是仇恨
死亡就是仇恨本身
是仇恨的力量造成了死亡

在当年 11 月的第二版草稿中：

你和我那时我们还不懂仇恨的力量
在他人的视线里闪光

而到了 1937 年最终的定稿：

但是以前你不知道
这世界最深邃的现实：
仇恨，人类可悲的仇恨，
想用恐怖的利剑
在你身上显明胜利，

　　塞尔努达对洛尔迦之死的思考逐渐成形，反复萦绕在他脑海的是
这一切都是"仇恨"的苦果。这首悼诗的前三节充分展现了社会/外

部世界对诗歌的敌意,在塞尔努达眼中,加西亚·洛尔迦的死是人类对一个在作品中创造出高一层的生命的人("带着某种显赫天赋/生在这里")的憎恨与嫉妒的后果:"仇恨与毁灭始终无声地/延续在可怖西班牙/永久存满苦楚的内里,/暗中窥伺最高的那个/手里握着石块。"(第11至15行)仇恨与嫉妒也是"白银时代"的先导者乌纳穆诺对西班牙国民性思考的重要核心,多年以来,乌纳穆诺始终将《圣经》中该隐与亚伯的典故视为西班牙国民性格中与生俱来的神话原型,在小说《亚伯·桑切斯》中,他借主人公华金·蒙特内格罗之口说:"为什么我要生在这仇恨之地? 好像这片土地的诫命是:你当恨人如己。这恐怖的西班牙国民麻风病。"暴力令他痛心,而更痛心的是看着仇恨如何占据人心,看着人们不计一切代价地寻找可以滋养仇恨的食粮,寻找可以仇恨的对象。他意识到"几乎所有人都被仇恨点燃;几乎没有人还怀有任何共情"。而在所有可被仇恨的对象中,最集中的靶子是知识。乌纳穆诺指出这种对知识的仇恨源自仇恨任何批判、任何不同的声音。在他上一次自我流放前一年的1923年,乌纳穆诺曾在发表于阿根廷《我们》杂志的公开信中写道:"西班牙可怕的癌症不是专制主义,而是嫉妒。嫉妒,嫉妒,对知识的仇恨。"洛尔迦的遇害让塞尔努达看到了这可悲的仇恨拥有怎样的摧毁力,这场谋杀的根源是"他们"对"你"的仇恨,是大众对诗人的仇恨,这场悲剧最令人痛心的地方是他死在他自己的人民中间,哪怕"他们同样的手/有一天曾经奴颜地捧高你"。

塞尔努达和洛尔迦的友情可以追溯到他们都尚在安达卢西亚的青年岁月,不过真正的相知是在马德里,尤其是洛尔迦自美洲游历归来之后：

　　我能感觉到他坚决的态度，好像他已经确认了某种之前私密、潜藏的东西。言谈中他曾经过分雕琢的词语几乎完全消失，如今他的语言如同西班牙古老采石场里坚固的石块，石缝间不时有小花轻柔地绽放着。他的双眼不再忧郁，对世间美好感官上的愉悦在他眼中燃起无法熄灭的青春之火。善感，这种诗人首要的特质在他身体里强有力地跳动着。[1]

　　这里谈到的"私密、潜藏的东西"不仅是诗歌意识的飞跃，也是指洛尔迦对自己同性取向的确认与接受，这让塞尔努达对他更生出几分亲近。自美国归来后，洛尔迦将更多的精力投入到组建剧团和戏剧创作中，但是他最后的诗歌遗作是未能完成的《暗沉之爱的十四行》，刻画了此前在他的诗歌中并未直接出现过的同性情欲。同性恋者也是他成为众矢之的最终被捕遇害的"罪名"之一。塞尔努达这首悼亡诗最初发表于战时第二共和国最重要的左翼刊物之一《西班牙时刻》。据塞尔努达的传记作者考证，当时这首诗差点被撤稿，因为文化部门上层有人觉得"这首诗对西班牙的态度有点怒气冲冲"。在编辑部的坚持之下，悼诗得以发表，但是第六节被完全删去——将祖国写成"可怖的西班牙"尚可接受，暗示英雄标杆的同性取向万万不可。《西班牙时刻》作为当时硝烟蔓延西班牙出版界的自由高地、独立绿洲，每一期

---

[1] Luis Cernuda, *Prosa II*, p.150.

的末尾无一例外均注明"经由审查核阅"（Visado por la Censura），而虚伪的顶峰是《致一位死去的诗人》刊发之时，"编者按"大言不惭地写着"依照作者意愿予以删节"。[1]

对塞尔努达而言，这样的删节向他印证了——虽然内战期间他始终站在共和国一边——他所忠于的事业也并不代表任何乌托邦。洛尔迦遇害后，第二共和国上下都将他的死作为知识分子因言获罪、因文殉难的象征，佛朗哥一方想要对他赶尽杀绝的恨意也部分与他是同性恋者有关。可是，在他死后将他推上神坛的人同样不能或不愿完全接受他之为人的存在，不接受他全部的真实，而只想看见他们需要和想要看见的侧面。诗人孤独的命运并未更改一分一毫。

从洛尔迦之死到诗人之死，塞尔努达在诗中悼念的不止是死去的洛尔迦，更是从古典主义视角将诗人（艺术家）作为殉道者和英雄。"那个用原始的隐秘之火／照亮晦暗词语的人"（第21至22行）点名了诗人与神明之间的联系，如盗火的普罗米修斯，诗人能与生命最原初力量——火——直接沟通，所有的诗人都以这样或那样的方式"为语言而活也为之而死"（《夜鸟》[2]）。塞尔努达沿袭了荷尔德林的思路，确信这样的殉道，诗人无处可逃，无法避免，因为诗人的天职（言说真理，言说美，对抗丑陋）决定了命运加诸其身的诅咒，因此死亡是他唯一的报偿。因而有了第九节中对不朽的呼祈："对于诗人，

---

[1] Antonio Rivero Taravillo, *Luis Cernuda：años españoles*（1902 – 1938），pp.383 –386.

[2] Luis Cernuda, *Poesia Completa*, p.495.

死亡是胜利"(第71行)。诗人渴望通过作品从有限度的生命中拯救和留下些什么,凭借对美的追寻与时间和死亡作战,抵御空无的侵袭。笃信对美的注视与书写可以在一个无限放大的瞬间让人脱离时间摧毁力的掌控。

"生命的部分微不足道"(第9行)令人不禁想起诗人张枣为茨维塔耶娃写下的句子:"死也只是衔接了这场漂泊。"然而在最初的两个版本中,这一行都是"死亡的部分微不足道",更贴近悼亡诗的宽慰传统,可是到了定稿的第三版,塞尔努达似乎是代入了所有还活着的、还在战争与流亡中苦苦挣扎的诗人,死亡反而成了更大的安慰与胜利,在与这首诗的最终版同年完成的《梦死亡》中,塞尔努达也表达过类似的心境。

如果说,人类历史就是毁灭个体意愿和欲望的历史,洛尔迦作为诗人和同性恋者,对抗着双重的负担、双重的边缘化、双重的孤独,这是集体与个体、人与诗人悲剧的集中体现。最后的救赎只能寄希望于全面的毁灭史与个体悲凉当中对理想、欲望、语词、美和孤独的信仰。因此在最后一节,塞尔努达的祈愿是词语可以拯救生命,而诗人可以依凭作品重生:

存在某个浩大的创造思绪,
让诗人替它讲述荣光,
再用死亡安慰他。

值得一提的是,塞尔努达为洛尔迦所写的挽歌现存三个版本,其中前两版为未曾发表的草稿,藏于诗人的档案中。[1] 1936 年 10 月,塞尔努达写下了悼念洛尔迦的挽歌第一版,彼时距离内战爆发不足百天,距离挚友之死不足两月,整首诗浸透最直接、赤裸、未经修饰润色的痛彻心扉。开头即直呼其名:"多少死亡啊,费德里科,多少死亡。"不过这个版本里已经有了两条主线的雏形:一为悼念朋友,二为思考自己面临的生活、战争以及诗人的角色。不过明显以第一条主线为主,几乎是个人化的哀歌。1936 年 11 月,塞尔努达修改写成了第二个版本,删除了第一版本中大量出现的事实和自传体信息,将挽歌扩展成更为普遍广阔的情绪表达,冥思的部分也有所展开和深化。到了1937 年 4 月的最终版本,诗人进行了大量的修改,与第一版(参见本文后所附全诗)相比几乎面目全非,个人化的哀歌部分进一步被删减,距离洛尔迦遇害已过去大半年,塞尔努达在前线见到了最直接的战争的悲苦与残酷,从情感上还是经历上都能与前一年的历史事件拉开距离,能够更有效和清醒地将挽歌重心移向第一版中的另一条主线,将洛尔迦作为象征与化身思考诗人之死。

在先后三个版本的创作与大幅修改过程中,塞尔努达通过删去具体信息(如名字)将自己的反应客观化系统化,加入思考,同时又没有失去最原初的强烈情绪,将对挚友死去后第一时刻的反应与哀歌转化成美学和良知层面的思考。最终版本的诗歌中,洛尔迦是落入虎视眈眈、充满敌意的世界之网里的艺术家的象征,扮演着诗人—受害者的双重

---

[1] Derek Harris, "Una versión primitiva de la elegía de Luis Cernuda por la muerte de Lorca", en *Luis Cernuda. El escritor y la critica*, pp.284‒302.

角色。三个版本的创作过程与衍变体现了塞尔努达如何将一个具体的、个体的情绪和精神体验距离化、客观化、普遍化,通过具体的事件和人物让诗歌获得更高一层的象征意义同时不失真实体验带来的震撼力量。这首诗由此超越悼亡诗的时代局限性,不再仅仅是对一个人、一个时代受害者的悼念,而是获得更为巨大持久的影响力,成为一曲对西班牙国民性乃至人性的思考以及对精神信仰、知识和诗人的挽歌。

附:致一位死去的诗人[1]

（F.G.L）

> 就像我们永远无法在岩石里
> 看见清澈的花开放,
> 乖戾艰苦的民众里
> 不会美丽地闪耀
> 生命幽香崇高的装饰。
> 所以他们杀了你,因为你是
> 我们荒芜地上的绿,
> 我们暗沉空中的蓝。
>
> 生命的部分微不足道

---

[1] Luis Cernuda, *Poesia Completa*, pp.254－258.

因诗人会如诸神重生。
仇恨与毁灭始终无声地
延续在可怖西班牙
永久存满苦楚的内里，
暗中窥伺最高的那个
手里握着石块。

带着某种显赫天赋
生在这里
是悲伤的，这里的人
悲惨中只会用
辱骂，嘲笑，深刻的怀疑
面对那个用原始的隐秘之火
照亮晦暗词语的人。

你是我们世界的盐，
你活着像一道阳光，
现在只有你的回忆
路过烙下印记，爱抚
身体的墙
带着我们的祖辈
在遗忘岸边
吞咽的罂粟余味。

如果你的天使诉诸记忆，

这些人都是影子

还在大地的荆棘后面颤动；

死亡会比生命

更有生命

因为你在它那里，

越过它辽远帝国的拱顶，

用你无可比拟的天赋和青春

让死亡里住满飞鸟树叶。

此刻春天在这里闪亮。

看那些年轻发光的身体

蜉蝣般路过伴随海之光彩，

你活的时候曾那样爱过。

美丽的赤裸身体

样貌精巧

牵引欲望追随其后，却只包合

苦涩汁液，精魂里存不下

一道爱情或高尚思想的闪光。

一切如常继续，

一如当时，如此魔幻，

以至你终落进的阴影

显得毫不可能。

却有一种巨大的热望隐秘地提醒

它未知的刺只能

依凭死亡在我们体内平息，

如同水的热望，

雕刻成浪尚不足够，

要匿名地碎在

大海的边缘。

但是以前你不知道

这世界最深邃的现实：

仇恨，人类可悲的仇恨，

想用恐怖的利剑

在你身上显明胜利，

格拉纳达平静的光里，

你最后的焦虑

远在柏树和月桂之间，

在你自己的人民中间，

他们同样的手

有一天曾经奴颜地捧高你。

对于诗人，死亡是胜利；

一阵魔性的风把他推过生命，

如果是一股盲目的力量

——不理解爱——

用一桩罪行

把你,歌者,变成英雄,

兄弟,你不如凝望,

悲伤与蔑视中间,

一种更高尚的力量

怎样允许你的朋友

在一个角落自由腐烂。

愿你的影安息,

愿你寻找别的山谷,

一条河,那里有风

从灯心草和百合花间

裹挟声响,有轰鸣流水

古老的魅惑,

那里回声滚滚像人类的荣光,

像遥远时代的荣光,

像它一样陌生,如此贫瘠。

愿你迷恋的伟大热望

在永恒玫瑰的葱郁里找到

一个年少神祇纯粹的爱;

因为这神圣的渴望,此地早已失落,

历经痛苦抛弃,

以自身的伟大提醒我们

存在某个浩大的创造思绪,

让诗人替它讲述荣光,

再用死亡安慰他。

另附：塞尔努达 1936 年所写第一版草稿

多少死亡啊,费德里科,多少死亡

年轻时你和我

我们寻找爱却找到恨

那时我们还不懂得仇恨的力量

是最强大的

那时我们笑着。手里还留存着

一次轻渺的告别你手上的温度

如同人们相信

第二天你平静的眼睛还会睁开。

仿佛今天你的眼睛看见的世界

只有静谧的目光里对甜蜜的书

静谧的钟爱。

历经可怖的时日，

当生命陷落淤泥，

历经漫无天光的白天和永无休战的黑夜

爱被转眼忘却

深处的伤口

从未愈合

我想到生命不过一场平静的守夜

在欢欣的台灯旁边

像一个微笑的早晨

无动于衷的原野上

山杨和枫树亘古的怀抱里

平静地忘我于自然

如同恣意的天上一颗短暂的星辰

却还缺少什么

死亡不止是一个词

它包裹着这个不可能的世界

像一个美丽拥抱背后讽刺的笑意

记起死亡有时是愉快的

比如当人类的自由沉沉压住我们

当我们隐约感到

我们的灵感

我们对世界的良知

在人群中沉沉压下来像一片描金的叶子

在十月的风里，远远的群山之间

当什么都无法安慰我们

生而为人的可怕不幸。

可是你的死像一场癫狂的梦

我们的脸上挂着轻微的笑

像睡在孩童旁边的人

不愿看见

沉睡的人将永远缺席孤单留下。

而今你的死亡再也不会起身

穿铁质衣衫含一颗鲜血淋漓的子弹

牙齿冰冷

大步丈量土地

是仇恨啊费德里科是仇恨

死亡就是仇恨本身

是仇恨的力量造成了死亡

在这片大地绿色的怀抱里

死亡的戏份多么轻微
我们诗人的重生
只因追寻美的巨大热望
就算恶会幸存死亡延续
还有这一点什么,这仍旧跳动的胸膛,
依然涂抹这几行字的手,
像恒久的否定里一句微不足道的肯定
像冻结的高山里一星火花

美是存在的,或许我们对死亡的嫉恨
不过是嫉恨凡人如你我
竟要淹没那不朽的火花
它与我们同在,为我们而活。

"你也在这里吗?"

——读《诗人肖像画》

1947年,当"二战"的硝烟在欧洲大陆消散,塞尔努达尚未想好怎样或者去哪里继续自己的生活,但是他很确定自己不想回到故乡,回到仍在佛朗哥独裁统治下的"死了的西班牙"。最终,他选择继续精神与生理上的双重自我流亡,越过大洋抵达美国,在同是西班牙流亡者的旧友门德斯的引荐下前往曼荷莲女子文理学院任教。1950年隆冬,在新英格兰地区漫长的严寒肆虐的几个月里,塞尔努达只能藏身于美术馆,日日流连。就这样,他与一幅来自西班牙的油画不期而遇。

画中人是西班牙黄金世纪的讲道者帕拉维希诺修士(1580—1633),曾在萨拉曼卡大学任修辞学教授21年,为西班牙国王腓力三世、腓力四世授过课,与贡戈拉、克维多、维加等黄金世纪最伟大的诗人、剧作家往来频繁,他本人也是一位诗人。1609年,欧洲文艺复兴后期的巨匠埃尔·格列柯(1541—1614)为帕拉维希诺修士创作了这幅113厘米长、86厘米宽的肖像画,凝固了诗人手握小册书本、屏息冥思的瞬间。二十世纪初,埃尔·格列柯的画作刚刚开始在西班牙受到迟到许久的重视,美国画家约翰·辛格·萨尔根特购得这幅肖像画,将其带来美国,藏于波士顿美术馆。

三百多年后,塞尔努达的目光与埃尔·格列柯笔下帕拉维希诺修士的目光相遇在异国他乡的美术馆,我们的诗人透过画中人的眼睛望见十七世纪西班牙的风景。画框内外原本是两个空间和时间,诗人却通过看的动作将看与被看关联起来,最终看画人的目光与画中人的目光融为一体,用词语实现了跨越与相遇。生命流逝,时间静止在画里。画中人无法注意到时间的流逝,更无从知晓自己栖身的画框漂洋过海,静观这幅画的诗人则联系起自己的流亡经历,为画、也为自己的缺席远离发出一声哀叹,于 1950 年 11 月 2 日至 12 月 30 日之间写下《诗人肖像画》[1]一诗。

这首诗以突如其来的半句问句开篇:"你也在这里吗?"在西班牙语原文中,这种刻意为之的干预式语体更为明显,全诗的第一个单词是副词 Tambdevelopment("也"),辅以与第二人称的直接呼吁("弟兄""朋友""师长"),叙述者(观看者)与画中人(被观看者)的身份与命运认同成为后续叙事得以成立的基础。画里画外的人都"在这里"(流亡)的缘由是"我们那些人的疯狂"(第 3 行),来自"你"的祖国的疯狂。画中人没有语言,只有目光:"你的眼睛望着我/看看能否召来一点思绪"(第 7 至 8 行)。在塞尔努达的诗学体系里,如果我们参照他为希梅内斯创作的《诗人》一诗,就不难发现对他而言目光和语言本就是一回事。一如他 1946 年在《诗人》[2]中所写,诗人需要拥有三样东西:欲望(写作的主体),玫瑰(写作的客体)和目光(写作的载体)。

---

[1] Luis Cernuda, *Poesía Completa*, pp.450 – 453.

[2] Luis Cernuda, *Poesía Completa*, p.403.

诗人依赖文字,更依赖目光,世间万物都因诗人的目光而重获意义,重新发掘出自身的神秘和神圣:

周围的人并不留意那些事物的神秘与神圣

诗人安静的目光如同镜子

没在那目光里找到自己之前

造物都是盲目的。

　　由目光和词语召唤而来的思绪从第二节开始铺陈,首先构建的是历史时间上的平行。"停摆的时间"是三四百年前埃尔·格列柯将画中人创造出来的瞬间,而塞尔努达想象的是画框外的一切如何跨越岁月的鸿沟保留在画中人的眼眸里——"岩石与硬木组成的/粗粝风景",那是西班牙的风景,甚至更具体的,是卡斯蒂利亚的风景,在"98年一代"作家笔下也曾反复出现。卡斯蒂利亚原野带来的是一种介于激烈的戏剧与精致的微妙之间的情感——"尚武的平原,苦行的荒芜",艰涩,干燥,激烈,戏剧化,但是柔软,我们仿佛还能看见熙德从战场归来,浑身浴血,眼中却满是悲伤。当马查多写下"是你吗,瓜达拉马,老朋友?/灰色白色的山脉……";当乌纳穆诺在卡斯蒂利亚的平原与山野里看见"沉重的"圣栎、"悲伤的"橡树、充满"深刻生命的"山杨,当他用"独语""静默""无尽""缓慢"这样的词语形容眼前的风景,那并非纯粹观赏自然的目光,也不是一个人的灵魂与自然融合的感情,而是从精神深处把人的感情和历史的感情投射在这片土地上。他们在西班牙的风景里看见人的影子来来往往:过去的人,现在的人,将来的人。那是历史曾经的样子,是历史本可以是的样子。在他们发现者的眼眸与西班牙大地斑驳的容颜之间,有一个梦,一个卑微的灵魂造出投射在整个卡斯蒂利亚大地上的梦。而这,几乎也是塞尔努达在这首诗中试图达成的目光与思绪的交汇。

第三节继续着对画中人时代的想象,用重复三次的指示代词"那"(aquella)——那片土地、那座城市、那些人——意指物理和精神上的距离。画中的诗人用平和的目光望着世界,并如第四节中所写,通过诗句和布道施展词语的力量和魔力(第31至32行)。第四节中"词语"的出现意味着从"画"到"诗"、从画家到诗人的过渡。纸面上是"你"的词语,纸面下无疑是塞尔努达自己对诗歌何为的理解,与他过去在《守灯塔人的独白》或《诗人的荣光》中表达的理想一脉相承,诗人的词语是为了警醒世人(第33至34行),是为了说出别人眼睛看不见的东西,同时也是为了支撑自己度过艰难时日,如同卡斯蒂利亚的"硬木"与"岩石"维系着一个人对一个国家的怀恋与记忆。

至此对画中人的想象与描摹暂告一段落,这首诗在第六节进入新的阶段,"我"的出现与画中人构成对照,想要与"你"直接对话,想要听见同样流亡在北美的两个灵魂之间的和声共鸣。凝望画作的"我"原本埋葬在眼眸深处的"沉睡的印迹"却"因为你"想要复而醒来。画作流落海外,诗人流落他乡——"我们堕落至此"(第46行)——可是此时此刻,"我"不想与"你"交流那些苦涩,而是"你"眼中保存的关于墨水写就的西班牙、关于诗歌艺术的黄金时代的一切。那个世界业已丧失,可是"我"却仿佛留存着已逝的记忆和信仰:"就像空贝壳,/我的听觉长久保存着怀旧/对已经灭绝的世界。"(第51至53行)近似的比喻我们还可以在写于 1951 年 8 月的《给你自己的诗句》[1]中读到:"它的回声从你荒芜的脑海里醒来/像贝壳里回荡着不复存在的海。"如是,诗人替自己也替画中人共同承担了流亡带来的身心震颤:"你望向你的世界,活在你的世界。/你不用经受缺席,你感觉不到;/但是我能感觉到,为你也为我自己,我悲叹这缺席。"(第 70 至 72 行)

可是诗人想谈论的不仅是流亡,"我"与"你"的孤独也绝不仅是因为远离故土,塞尔努达通过第 55 行"我的缺席在你的缺席里找寻共鸣"完成了从物理上的缺席之相通到通过艺术品可以达成更深层次的灵魂共鸣的推进。在写于 1956 年的散文诗《共鸣》[2]中,塞尔努达展开阐述了他对"共鸣"的理解:

蝙蝠与乌鸦轮流争夺你灵魂的统治权;有时候是北方的,孤独的,忘我于阅读,专注自己;有时候是南方的,散漫的,阳光明媚,寻找即刻的享受。但是无论以哪种灵魂形态,在达到共鸣的时候,总可以感受到深处和弦的震动。

(……)

通过这种共鸣,你与世界合为一体,你即是世界。我们的语言里没有可以指称的词语:Gemüt:情感与意识的统一;活着,存在,纯粹且毫不模糊。像一个也许在神圣中与你在尘世里有过相同感受的人

---

[1] Luis Cernuda, *Poesía Completa*, p.457.

[2] Luis Cernuda, *Poesía Completa*, pp.613 – 614.

说的,活着有很多种,存在也有很多种。

而连结在不同情况之间的是:共鸣。

《诗人肖像画》中"你"与"我"之间,引发最深层共鸣的是一股风带来的震动:"那股风依旧吸引我,我们的/那股风,曾经激发我们的词语。"(第63至64行)西语原文全诗末行的最后一个单词落在"我们的"(nuestras),画框内外的目光真正合二为一:

> 我? 这甜蜜而富于灵魂的乐器,
> 这里的一道回声来自我们的悲伤。

在塞尔努达的符号体系里,乐器与词语的对位多次出现,例如在创作时间与《诗人肖像画》重合的短诗《乐器》[1](写于11月13日至20日)中,诗人唤醒词语写诗如同乐师弹奏乐器:

> 为了唤醒音符,
> 阿拉伯乐师
> 用猎鹰的羽毛拨动
> 诗琴的弦。

> 那么,为了唤醒那个词语,

---

[1] Luis Cernuda, *Poesia Completa*, p.450.

刺中你的词语，

要哪只手

用什么鸟的羽毛拨动？

　　"我"与"你"因流亡者和艺术家的双重命运交叠而共有的悲伤最终由"富于灵魂"的词语震荡出回声。要知道，在创作这首诗之前的近两年里（1949 年 1 月至 1950 年 11 月）塞尔努达几乎没写什么诗，彼时他离开西班牙已逾十年，"北方"和英语环境的"噩梦"逐渐吞噬他，直到 1949 年夏天他第一次到访墨西哥，和阔别多年的母语以及炎热物候重逢，1950 年又重返那里旅居半年。在后来收录于《墨西哥主题变奏》的散文诗《语言》中他写下自问自答：

　　——在跨过边境线之后听到你的母语时，这么多年都没有在身边听到过的语言，你是什么感觉？

　　——我感觉好像毫无中断地继续生活在有这种语言的外在世界，因为在我的内心世界，多年来这种语言从未停止回响。[1]

　　作为诗人，语言是塞尔努达的立命之本，也就成为他与西班牙永远无法割断的维系："如果你嘴唇发出的第一个词语是西班牙语，那么西班牙语也会是它们说出的最后一个词语，精准的命中注定和必然地，在这两个词语——第一个和最后一个——之间，就是你全部的诗

---

[1] Luis Cernuda, *Poesía Completa*, p.625.

歌了。因为诗歌，确凿无疑地，就是词语。"一个月后，诗人进入了自抵达美国以来的第一个创作高峰期。

艺术品在塞尔努达诗歌中的出现并非孤例，提香画的腓力二世、安东尼奥·莫罗的督铎王朝玛丽肖像都在他的诗中有过一席之地。而最后一本诗集《客迈拉的悲伤》更是以艺术家与作品为核心，创作主题包括莫扎特、兰波、魏尔伦、陀思妥耶夫斯基、济慈、加尔多斯、提香……在塞尔努达眼中，献身艺术的意愿是存在的唯一表现形式，哪怕众神已死，艺术家依旧相信客迈拉的力量与秘密，通过艺术作品可以实现欲望与现实的和解，获得开解生命的魔力。他关心的不仅是艺术家的命运，更是在艺术家死后其作品的命运。塞尔努达认为艺术家同时是世界的救赎者与受难者，艺术家的作品是"一个伟大的任务，伟大尽管荒唐"。伟大，因为这些作品是用神圣对抗时间与善变的避难所；荒唐，因为没人知道它们未来会遭遇怎样的命运。在晚年的书信中，塞尔努达时常谈及无法发表或出版的诗稿，虽然他在 1952 年出版的《墨西哥主题变奏》中早已坦言认清生命中的一切都不过是"少数人的作品，面对另一些人的敌意，和大多数人的漠不关心"，却在一生中的最后一首诗里写下：

> 可是一个人用爱
>
> 创造的作品，值得他人的尊重，
>
> 过往的诗人在沉默里说着同样的话，
>
> 把他们的诗句穿过时间与距离寄送
>
> 到我面前，渴求被留意。

我想留下关于我的记忆吗？抱歉我要求这记忆。[1]

《诗人肖像画》最初的题目是《西班牙肖像画》，塞尔努达从埃尔·格列柯的画中看到的既是无法掌控自身命运的艺术品，也是流亡中的西班牙人。他将这首诗题献给自己的画家朋友拉蒙·加亚，二人曾并肩参与第二共和国的"人民美术馆"项目，都在内战中早期为《西班牙时刻》供稿，后来也都因"那场共同承担的失败"流亡。塞尔努达将这首诗献给他的时候，加亚已经在墨西哥流亡十四载。诗的写作对象是一幅画家赠予诗人的画，这行题献又让这首诗成为一位诗人对一位画家的赠予，由此构成了诗里诗外的双重自我重叠（desdoblamiento）：塞尔努达/帕拉维希诺修士；埃尔·格列柯/加亚。"我"作为写作者与画作的相遇激起共鸣，埃尔·格列柯的画成为他自我意识的客观对应物，帕拉维希诺修士的肖像对塞尔努达而言是另一个流亡者，像他自己一样被困在一个空洞无用的存在里，身边都是这场北方噩梦中精神上已经死去的住民。诗人想要通过语言唤醒画作，与画中人对话，实际上是诗人与自己对话（抑或独白），谈论他在当时的人生阶段执迷不已的问题，诸如：作为流亡中的西班牙人漂泊不定的命运；作为现代（战后）诗人不确定的命运；诗歌语言乃至目光的力量与局限等等。某种程度上，艺术作品（文学、音乐、绘画）是塞尔努达心目中最理想的，甚至是唯一可以接受的与祖国重遇的媒介和场所。

---

[1] Luis Cernuda, *Poesia Completa*, p.548.

附：诗人肖像画

（《H.F. 帕拉维希诺修士》，埃尔·格列柯画作）

致拉蒙·加亚

你也在这里吗？弟兄，朋友，

师长，也在这灵泊里吗？是谁带你来的？

我们那些人的疯狂，我们的疯狂，

像带我来的一样吗？还是贪婪，卖掉并非赢来

而是继承的祖产，属于那些不懂得

渴望它们的人？你无法对我说话，我也几乎

口不能言。而你的眼睛望着我

看看能否召来一点思绪。

而我想。你正望向远方。参与

那停摆的时间，就是

那个时刻，画家结束作画

留你平静地望着你的世界

窗外：岩石与硬木组成的

粗粝风景，全是绿色褐色，

比照远方的蓝色，

轮廓清晰至哀伤。

你望着那片土地,那座城市,

那些人。你望见闪光的飞舞

天鹅绒和丝绸,金属

和珐琅,羽毛和花边,

抖动着,它们人类般的跳动

搅乱了空气像正午

发疯的翅膀。所以你这样望着

你的目光,怀旧,宽和。

本能告诉你这宏伟的生命

举高词语。词语在这里更加

完全,丰富,像别的珠宝别的剑

一样闪耀,光彩与利刃穿过

西风鲜血交织的平原,

在燃烧的夜晚,和着歌舞的节拍

或教堂中殿里的祷告。词语,你了解的,

通过诗句与布道,它的力量和魔力。

你钟爱的词语,屈身向

显要的人群,提醒他们

我们的信仰如何流向外面

那些眼睛都看不见的东西,

尽管当中我们的灵魂被看得那么清楚;

那也是支持你生命的东西，

就像那片土地，那里的硬木，那里的岩石，

你在这里平静望着的一切。

我本已看不见它们，现在也几乎听不见，

因为你，那沉睡的印迹

又想重现，再一次找寻着

空气。朋友，往昔的巢里

没有飞鸟。就在这宽恕并理解吧；

我们堕落至此信仰都不留存。

你望着我，你的嘴唇，冥思地暂停，

安静地吞下所有苦涩的词语。

说给我听。说给我听。不是那些苦涩的东西，而是那些

微妙的，深邃的，温情的，那些我再也

听不见的。就像空贝壳，

我的听觉长久保存着怀旧

对已经灭绝的世界。我独自在这里，

甚至比你更加孤独，我的弟兄，我的师长，

我的缺席在你的缺席里找寻共鸣，

就像海浪在海浪里找寻。朋友，对我说说吧。

你记得吗？你们把那共鸣留在

怎样的恐惧里？你还记得吗？

你的那只飞鸟缺乏

同样的激情把我带到这里

你的面前。尽管我被捆绑的

监牢不如你虔诚，

那股风依旧吸引我，我们的

那股风，曾经激发我们的词语。

朋友，朋友，你不对我说话。平静地

坐在这里，翩翩暮气里，

纤细的手用一根手指标记

书的段落，直坐着仿佛在听

谈话中某个被打断的瞬间，

你望向你的世界，活在你的世界。

你不用经受缺席，你感觉不到；

但是我能感觉到，为你也为我自己，我悲叹这缺席。

北方吞噬我们，困在这片土地，

忍受匆忙的疲乏，

只有人的影子在其中穿行，

那里面也有我的影子，尽管无所事事，

在无所事事里却更明白对我们的天命

苦涩的嘲弄。你活在你的年代，

那时候，画家为你注入另一世生命，
今天你仍存在。而我，我活在我的年代吗？

我？这甜蜜而富于灵魂的乐器，
这里的一道回声来自我们的悲伤。

"让我的声音成为我的勇气"

——读《致未来的诗人》

T. S.艾略特认为伟大的诗人既有吸收他人作品的超凡能力,同时也能对未来的诗人产生同等力度的影响。在此前十一首代表作的细读中,我们可以看到塞尔努达对浪漫主义以降欧洲诗歌传统的缓慢攻克与继承,为阅读诗歌原著学习了法语、德语和英语,从法国超现实主义、德国浪漫主义以及英美现代诗歌中汲取创作的养料,成为西班牙诗坛罕见的"欧洲诗人"[1]。然而,虽然如今的塞尔努达被公认为二十世纪西班牙最伟大的诗人之一,在他写下《致未来的诗人》[2]的1941 年,流亡格拉斯哥的诗人正在经历的却是他一生中最不愿回首的阴霾时刻。"二战"硝烟弥漫和平似乎遥遥无期,过去是淌着血的、废墟里的故土,未来是迷雾中全无形状的虚空,两个端点之间则是令他难以忍受的苏格兰气候和厌倦不堪的日日夜夜。失去了西班牙语的语言环境,塞尔努达自 1938 年离开西班牙以后写的诗几乎找不到读者,对诗人而言,这几乎是身体的流亡之上又一重残酷的精神隔绝。

在这样的境况之下,塞尔努达开始设想一个存在于未来的读

---

[1] Octavio Paz, "La palabra edificante", en *Luis Cernuda. El escritor y la critica*, pp.138－160.

[2] Luis Cernuda, *Poesia Completa*, pp.339－343.

者——"你",渴盼着"我的手臂迎上另一只友好的手臂,/另一双眼睛分享我眼中所见"(第 42 至 43 行),为了"我的言语不至于/同我一起死亡沉寂"(第 54 至 55 行)努力"驯服自己的恐惧"(第 59 行)。诗人一方面用"我不认识人"(第 1 行)、"我不理解人"(第 24 行)、"我无法告诉你"(第 54 行)、"你不会知道"(第 44 行和第 59 行)等表达相隔时空的沟通之艰难,另一方面却又铿锵地陈述着"我会理解你"(第 25 行)、"你将听到我的声音"(第 88 行),相信只要"听我说并理解我"(第 91 行),"你将成为(……)我几乎已成就的生命"(第 64 行)。这是一场生命的赌局,诗人选择将生命的延续寄托于词语和声音,通过预知属于未来的诗人和读者,使用艺术的尺子度量生命。苍茫世界,人类的时间与自然的时间相对而立:在人类的时间里,一切都是过去,无尽地流逝,无从回归,而在自然的时间里,一切都是未来,永远有下一个春天,下一次花开,无尽地回环,周而复始。如果足够幸运,诗人却能通过文字摆脱人类时间的限制,虽然生命如"风暴"(第 58 行)无法幸免于时间的残酷,却总有诗歌("模糊的乐声")留存。

倒数第二节的末尾(第 80 至 82 行),塞尔努达将自己置于浩渺的传统之中,他曾在阅读中仰慕过、追随过、理解过前辈诗人的生命,也盼望着自己的好运气"终有一天会来临",相信自己将被终生想象着的未来诗人"阅读,并且喜爱"[1],如同一个影子,被怀念地爱,甚至被取悦[2]:

---

[1] 化用自张枣《云天》中的诗句:"我想我的好运气/终有一天会来临/我将被我终生想象着的/寥若星辰的/那么几个佼佼者/阅读,并且喜爱。"
[2] 如布罗茨基致敬奥登的评论文章标题所言,《如何取悦一个影子》。

（……）要用怀念爱我，

就像爱一个影子，就像我爱过

诗人的真理在逝去的名字里。

最后一节为想象中的"未来"划定背景，战争不再，人类摆脱黑暗的恐惧，人性与艺术价值回归，"被遗忘的诗行""衰败的文字"与"鲜活""悸动"形成死与生的对比，到那时，已经逝去的诗人因为自己的声音在"你"的呼吸中吞吐而为自己的梦想和欲望找到意义。令人不禁想起布莱希特在《致那些在我们身后出生的人》中所写："从溺死我们的迷狂中浮现的你，在谈论我们的弱点时也要记得你有幸逃脱的黑暗时代。"

塞尔努达曾感叹："如果说对一个诗人而言存在令人艳羡的命运，那就是穿过同代人的视而不见，在身后未来的读者那里找到道路。"晚年的他仍在回忆录中谈起"我觉得根据读者的接受度可以将文学作品分为两类：面向已存在读者群的和需要孕育读者群的。前者的品味已经固定，后者则需要培养。我认为我的作品属于第二类"，然而无奈于《现实与欲望》第一版刚出版内战即爆发，还来不及培养属于他的读者。的确，塞尔努达虽然与洛尔迦、纪廉、阿莱克桑德雷等诗人几乎同时崭露头角，却在其创作生涯的大半时间从未得到西班牙诗坛应该给予的关注。造成这一现象的原因多重却一脉相承，那就是他的"不合时宜"，或者说，从不随波逐流——如他在回忆录中所言，"无论是盲目追随所处时代的文学形式，还是为了讨得同时代的欢心写作，作品都会很快长出最初的几道皱纹，因为没有什么比这两种情形下诞生的文学作品更易受到时间的侵袭"[1]。

创作早期，在许多诗人还极力模糊自己性取向的二十世纪三十年代，塞尔努达是西班牙最早毫不掩饰书写同性情欲的诗人，视之为一种命运，自由地接受，尽情地活，因而"在青年时代给了我们最美的渎神和最好的情诗"（帕斯语）；创作中期，内战爆发离开故土，大多诗人在流亡早期面对陡然而至的巨大身心创伤都选择直抒胸臆的呐喊，用意象和词语的回环重复表达激荡的情绪，用感叹句和疑问句的高频出现抒发痛心与质疑，塞尔努达的流亡诗中却罕有大声疾呼，而是强调用冷静的抒情充分发挥克制的张力；及至创作中晚期，战争结束后，当西班牙诗坛渐渐迷失在诗歌用于交流的社会诗歌道路上，当一些流亡诗人出于对被接受、被阅读的巨大渴望而承认失败、一意追捧西班牙国内诗人的声音，塞尔努达又成为坚定发出不同声音的人。而且，相比出于自己的诗学理念反对社会诗歌这个概念本身，塞尔努达的矛头更多指向西班牙内部借以社会诗歌运动之名对诗坛及评论的控制，将像他这样流亡且不同的声音排除在历史之外。

这种对抗在塞尔努达 1957 年出版的文论集《当代西班牙诗歌研究》中有明确体现。在该书留给战后诗歌的有限篇幅里，塞尔努达提出了与当时社会诗歌推动者捍卫的评价标准完全相左的观点，表示自己在战后诗歌中几乎没有看到任何新意，改变的只是主题而非技艺。他认为国内的诗人不得不生活与创作的环境太过压抑，但是这并不能作为原谅其作品视野狭窄的理由，仅仅因为一首诗发出了反抗独裁的

---

[1] Luis Cernuda, "Historial de un libro", en *Prosa I*, p.631.

声音并不能作为其美学质量与价值的保证:"我不觉得这类诗歌从文学的角度就一定比如今其他年轻人创作的诗歌价值更高。"后来墨西哥诗人何塞·埃米里奥·帕切科曾撰文为这篇发出不同声音的文章叫好,认为它代表的是一位伟大诗人的评论思想——"他是一个至死都抱有最大忠实度的人: 永远忠实于自己。"[1]

但是可以想见,该书出版之后这种"忠实于自己"的声音在西班牙引起的愤怒与沉默。其中,更占据主导的是沉默。大多数文学刊物直接忽视这本书的出版,没有任何评论。经常与塞尔努达合作的、提倡自由的刊物《岛屿》面对这本书保持的沉默尤其振聋发聩,正如另一本马德里刊物《索引》在 1959 年 8 月号上刊登的一封读者来信中所写:"这部作品遭遇的沉默并不意味着漠然。这本书依旧充满争议,存在很多令文坛烦扰不堪的明示暗示。它的焦点与腔调都与十几年来我们习惯的文学评论完全不同。正是看到了这一点,控制着我们出版业的诗人与评论家圈子做出决定,对付这样一本痛下判决的书,最好的战术毫无疑问是共同谋划的沉默。"戈伊蒂索罗后来评论说:"塞尔努达不合时宜的态度引起了忙于颂扬民众斗争精神的诗人和评论家的不满,他的名字因此多年来被包裹在沉默的幕布之下。"

直到诗人去世前一年,这层沉默的幕布才终于被撩起一角,转变的开端正是来自他曾在诗中想象并隐隐相信存在的"未来的诗人"。上世纪五十年代末,西班牙诗歌在经历内战后最初二十年的迷茫与曲

---

[1] José Emilio Pacheco, "Cernuda ante la poesía española (Intento de aclaración)", en *Luis Cernuda en México*. Madrid: Fondo de Cultura Económica, 2002.

折之后,由此时崛起的新一代诗人引领重生。巴伦特、布里内斯、别德马、戈伊蒂索罗兄弟等年轻诗人逐渐成为西班牙诗坛主力军,为此前二十年趋于"同一化"诗歌话语桎梏的伊比利亚半岛带来新的活力。正是这些后来被称为"世纪中一代"的年轻诗人开启了塞尔努达在西班牙诗坛的经典化。1962 年 11 月,"世纪中一代"最具代表性的文学杂志《灰色芦苇》出版专刊《向路易斯·塞尔努达致敬》,收录了包括巴伦特、桑布拉诺、别德马、文森特·高司、布里内斯、戈伊蒂索罗在内的诗人、哲学家、作家对塞尔努达其人其诗的评论。在见到《灰色芦苇》的样刊之后,塞尔努达复信给刊物主编说,这是自己"作为诗人第一次全然的满足":

> 在六十岁的时候,这本刊物提醒我自己有幸在全然的孤独中工作,因而有了全然的自由,不用去考虑任何人或事。(……)四十年的写作生涯,我从未想过有一天别人会注意到我和我的作品。而此刻,我终于被完全理解了。[1]

这样的理解不仅止于诗学技艺,更是精神上的共鸣。当这一代年轻诗人在《灰色芦苇》中对塞尔努达及其作品的独特性致以真正的认可,并且将他视为指引自己将西班牙诗歌带上新方向的灯塔,他们的"注意"和"理解"与当时西班牙诗坛亟需的重生力量密不可分。这些

---

[1] 1962 年 11 月 29 日,塞尔努达给贾科布·穆纽斯的信(*Luis Cernuda. Epistolario 1924 - 1963*, p.1075)

年轻诗人经历了社会诗歌浪潮最盛的五十年代,其中大部分人也参与了 1958 年致敬阿莱克桑德雷、达马索·阿隆索和洛尔迦的社会诗歌浪潮巅峰活动之一,并曾被收录于卡斯特莱特 1960 年编纂的诗选,但是他们已经开始感受到对当时统治西班牙诗坛的这场诗歌运动之美学基础的不适,见证并体会到西班牙诗歌正在走向衰落;另一方面他们发现了塞尔努达的诗歌和文论,从中看到一种走出泥潭的方式。如别德马所言,"塞尔努达是当下我们最需要的,可以绝对地帮助我们,不仅是影响,更是教授","他是'27 年一代'中最鲜活、最具有当代性的一位,正是因为他把我们从'27 年一代'其他伟大诗人的阴影里解放出来"。[1] 在诗歌声音"同一化"的大环境之下,反叛已趋稳固的原有传统,思考并选择新的道路与可能,都需要足够的勇气与鼓励。对"世纪中一代"诗人而言,塞尔努达不仅是作为一个文学范例被经典化,更是鼓励他们采取与主流观点平行的态度、不受既定框架的限制,寻找适合自己的诗歌之路,成为他们在诗歌价值观等各个方面做一个不合时宜的人的表率。

当塞尔努达与世长辞的消息从墨西哥传到西班牙时,别德马在日记里写道:"塞尔努达在墨西哥去世了,突然得就像一声枪响。这个消息给我带来了巨大的情感震荡,连续几天几乎有一种执念驱使着我,直到我终于把这种震荡宣泄在一首诗里,我很少这样迫切地必须

---

[1] Jaime Gil de Biedma, "El ejemplo de Luis Cernuda", en *Obras*: *poesia y prosa*, pp.545－550.

写一首诗。"[1]这首悼诗题为《听闻他的死讯后》：

除了他的诗,还有给我

写过的简短的信件里

描绘出的有所保留。

自发,同时也精心。

而我想要一样我们时代罕有的东西

那种美德,古典的美:

用尊严和力量

扛过多年的磨难。

他最后的诗句,在他活着的时候

我们反复读过,而他,后来平静地老去

我设想过墨西哥天空下明媚的日子,

通透如古希腊的天空。

他年轻时做过的梦

和我想在他死前同他说上话的梦,

在这印刷词语的精魂里

[1] 别德马日记,1963 年 11 月 26 日(Jaime Gil de Biedma, *Diarios 1956－1985*, Barcelona：DeBolsillo, 2017, p.526.)

共有了不朽的生命。

他的诗歌,年岁让它
更美,更干;
我的哀痛收于那册书的名字:
《客迈拉的悲伤》。

二十多年后,别德马已罹重病将要不久于人世,他最后一次公开
亮相是 1988 年 5 月 12 日,在巴塞罗那文学艺术协会做关于塞尔努达
的讲座。在那场讲座现场录音的最后,我们还能听到他用已经流露出
虚弱的声音为观众朗诵了塞尔努达的《塞壬》[1]。

而巴伦特每次到访墨西哥城,都会去潘特翁墓园,在塞尔努达的
墓碑前伫立一会儿。陪他去过一次的西班牙记者费尔南多·奥尔甘
彼得斯后来回忆说:"在墓地,他始终很沉默,也不跟我说话,只是死
死地盯着墓碑。"也是在某次扫墓之后,巴伦特写下了《以千日红数
朵,致路易斯·塞尔努达》:

光线垂直落在石上。

赤裸的墓石前我们放下千日红。

---

[1] 本书作者整理自录音资料(Dos épocas de la poesia de Luis Cernuda. - 1988.. -
1 casset sonora 48 min 27 sec;10 x 6,5 cm, Barcelona:Ateneu Barcelonès, 12
de maig de 1988)。

它们也轻微,代表你,
献给你,我们之中如此恒久的你。

我们爬上你埋葬的地方
两个英国友人和一个你的同乡,
几个确信爱你的朋友
来自两个你最终失爱的国家。

也许这曾是你的命运,在
永远对立的艰难国度生出爱
被火凝聚。

距离和不可能的主人。
路易斯·塞尔努达,诗人,石头
祷告,那些地方和日期
在活人里为你选择足迹。

在他们当中你梦想过一位未来的诗人
今天你终于造出了他
未来从而能这样同你说话。

别人都消失在阴影。
你不会的。你朴素的光长存,

和这些花一样,直到永远。

至于布里内斯,他用一篇《路易斯·塞尔努达诗歌中的统一性与个人亲密》作为自己荣膺西班牙皇家语言学院院士的入院演讲,回忆起壁垒森严的佛朗哥时期,塞尔努达已经许多年不曾在西班牙出版过作品,自己却在某次偶然中读到了他的诗歌。布里内斯随即去书店里翻找所有能找到的当代诗选,想找到更多。当他在一家小书店里翻找出覆满灰尘的《仿佛等待黎明的人》,如获至宝地买下,在回程的火车上努力克制翻看的冲动,一直等到回到家,在房间里独处时,才舍得缓慢而惊奇地阅读它。

1988 年,塞维利亚大学举办了首届路易斯·塞尔努达国际研讨会,帕斯在开幕演讲中朗诵了《致未来的诗人》,并说:"作品并未终结;它不是瞬间,而只是中场休息:已经逝去的诗人的真理在作品中得到延续,未来的读者会容纳他们,未来的诗人会用自己的真理宣告他们的存在。这样的荣光即是传统本身:一个名字的不朽绝非谎言,共有的词语仍在继续。"

2013 年 11 月 5 日,在塞尔努达逝世五十年之际,胡安·赫尔曼、科里纳斯以及后来都将获得西语文学界最高荣誉塞万提斯奖的两位"世纪中一代"诗人卡瓦耶罗·伯纳德和布里内斯等几十位西班牙语世界诗人和诗歌研究者会聚一堂,在马德里为公众朗诵塞尔努达的诗作。是夜,会场大屏幕上始终投影着两行诗,出自塞尔努达为洛尔迦所写的挽歌,也是每一位被塞尔努达的人生和作品影响、激发或是陪伴、宽慰过的读诗人的心声:

生命的部分微不足道
因诗人会如诸神重生。

附：致未来的诗人

我不认识人。很多年里
我寻找他们又不得不躲避。
我不理解他们？或者我理解得
太多？这些粗暴肉体和骨头的
公开现形，一旦被狂热者聚拢，
遇上点点微弱的弹力
就骤然破碎，相比下
死在传说中会让我更容易
理解。我从他们那里回归生者，
坚强的孤独朋友，
仿佛从隐匿的泉源出发
来到涌出却无脉搏的河。

我不理解河流。带着漂泊的匆忙
从源头到海洋，忙碌着悠闲，
它们不可或缺，为制造或为农作；
源头，是承诺，海洋只将它实现，

无定型的海洋,模糊而永恒。

像在遥远的源头,在未来

沉睡着生命可能的形式

在无梦之梦里,无用且无意识,

即时反映诸神的意念。

有一日终将存在的存在中

你梦着你的梦,我不可能的朋友。

我不理解人。然而有什么在我里面回答,

说我会理解你,就像我理解

动物,叶子和石头,

永远沉默的忠诚伙伴。

今生一切都是时间的问题,

一种时间因其漫长阔大

无法与另一种贫乏的节奏

我们短促虚弱的凡人时间相合。

假若人的时间与诸神的时间

同一,我里面起始节奏的这音调,

将与你的音调相会合鸣,

留下回响在喑哑的听众中。

然而我不在乎无人了解

在这些近乎同代的身体之间,

他们活着的方式不像我

这来自疯狂土地的身体

挣扎着成为翅膀抵达空间之墙

是那墙壁将我的岁月与你的未来相隔。

我只想我的手臂迎上另一只友好的手臂，

另一双眼睛分享我眼中所见。

尽管你不会知道今天的我以怎样的爱

在未来时间的白色深渊

寻找你灵魂的影子，从她学会

按新的尺度安顿我的激情。

如今，人们已将我纳入编目

按他们的标准和他们的期限，

有人嫌我冷漠也有人嫌我古怪，

在我凡人的颤抖里发现

已死的回忆。他们永不能理解我的舌头

若有一天歌唱世界，都是为爱激励。

我无法告诉你我曾怎样斗争

只为我的言语不至于

同我一起死亡沉寂，像回声

奔向你，就像模糊的乐声

从静谧的空气里追忆过往的风暴。

你不会知道我如何驯服自己的恐惧

为了让我的声音成为我的勇气,

将徒劳的不幸付诸遗忘

它们环绕滋生并以愚蠢的享乐

践踏我们的生命,

那是你将成为和我几乎已成就的生命。

因为我在这人类的疏离中预感

将来之人将如何属于我,

有一天这孤独将如何充满,

尽管我已不在,众多如你形象的纯粹同伴。

我放弃生命只为重逢

按我的欲望,在你的记忆。

当天色已晚,还在灯下

阅读,然后我停住

倾听那雨声,沉重得像酒鬼

在街边冰冷黑影中小便,

微弱的声音在我里面低语:

那些被我身体囚禁的自由元素

当初被召唤到地上来

只为了这个?再没有其他?如果有

要去哪里寻找?这世界以外我不认识别的世界,

在没有你的地方会时常悲伤。要用怀念爱我,

就像爱一个影子，就像我爱过
诗人的真理在逝去的名字里。

在将来的日子，人们脱离
我们从黑暗恐惧归回的
原始世界，而命运牵引
你的手朝向这诗集，那里安息着
我被遗忘的诗行，你翻开；
我知道你将听到我的声音来临，
不在衰败的文字中，而在你
内心深处鲜活，其中无名的悸动
将由你掌握。听我说并理解我。
在它的灵泊我的灵魂或许想起什么，
那时在你里面我的梦想欲望
终将找到意义，而我终将活过。

拓展阅读

诗人的荣光

我的魔鬼弟兄,我的同类,

我望见你变苍白,挂着像破晓的月,

藏在天上一朵云里,

可怖的山峰之间,

魅惑的小耳朵后面花一样的火焰,

咒骂里充斥着无知的喜悦,

如同吟唱祈祷的孩童,

凝望我对尘世的厌倦,残酷地戏弄你。

可是,我永恒的爱人,

你不该是那个

嘲笑这梦、这无力、这坠落的人,

因为我们是同一场大火的火花

一次怪异的造物从阴暗水面上

用同一股气流唤醒我们,那里的人

像一根火柴在攀爬生命疲倦的年岁里终结。

你的肉体和我一样

在水和太阳后面想要影的擦蹭；

我们的词语渴望

那个繁花树枝一样的少年，

五月温热的风中弯折他香气和颜色的优雅；

我们的眼睛渴望周而复始又骤变的大海，

风暴中遍布灰色飞鸟的鸣叫，

我们的手渴望美丽的诗行扔向那些人的蔑视。

你认识那些人的，我的弟兄；

看看他们如何扶直看不见的冠冕

胳膊上挎着女人消失于阴影，

背负无意识的自傲，

胸口拉开礼貌的距离，

他们悲哀的神，形态如同公教神甫，

几分钟里得着的孩子，几分钟逃避梦境

用来同房，夫妻浓稠的黑暗里

他们的兽穴，分层叠放。

看看他们在自然里迷失，

看看他们怎样在优雅的栗木或沉默的梧桐中间得病。

看看他们怎样极端地扬起下巴，

感觉一种黑暗的恐惧啃噬脚跟；

看看他们怎样逃避官方第七日的工作，

款台，橱窗，诊所，事务所，政府办公室

任凭风带着缄默的嘈杂吹过他们孤单的领地。

听听他们吐出无尽的词语

用粗暴的简洁熏香，

为神圣太阳下铁链拴着的小男孩声讨大衣

或温热的饮料，小心呵护

他咽门的气候，

自来水过度冰冷可能会伤害他。

听听他们大理石般的训诫

关于实用的，正常的，美丽的；

听听他们发布世界的法则，划定爱的界线，为不可言说之美定典，

同时用癫狂的扩音器取悦感官；

凝视他们奇怪的大脑

子子孙孙，试图在沙场上修起复杂的建筑

额头苍白扭曲，拒绝星辰上闪耀的和平。

我的弟兄，这些就是

陪我独自死去的人，

鬼魂有天会让那个威严的博学之士

在陌生的学生面前，讲出我这些话中的神谕，

因此获得名望，

外加原野上一间小房，在紧挨着首都的恼人山峦上；

而你，在七彩迷雾后面，

抚摩着头发的鬈曲

从高处满不在乎地凝望

这片令诗人窒息的肮脏大地。

不过你知道我的声音也是你的，

我的爱是你的爱；

这漫长的夜晚，就让，噢，就让

你深沉热烈的身体滑动，

马鞭一样轻快，

我的身下，是埋葬在无名墓穴里厌倦的木乃伊，

而你的吻，这不竭的源泉，

把炽烈注入我体内，两人之间近死的激情；

因为言语的徒劳令我疲倦，

像扔向湖水的甜蜜水漂

对孩子而言，只为看见湖的平静

激荡，里面有神秘巨翅的倒影。

是时候了，早该是时候

你双手传给我

诗人渴望的苦涩匕首；

你把它扎进深处，只要干净一击，

在这铿锵震动的胸腔，和诗琴相仿，

只有死亡，

只有死亡，

能让应许的旋律重响。

《诗人的荣光》写于 1935 年 3 月 25 日马德里，收录于《呼祈》。彼时，塞尔努达在翻译荷尔德林的过程中习得了一种神圣感和赞颂力浓郁的语调和情绪，例如他所挑选并翻译的《致命运女神》一诗（此处中文采用顾正祥译本）就与《诗人的荣光》结尾处的澎湃叹意相仿：

然而，只要我那神圣的事业，我那

心爱的事业——诗获得了成功，

那时欢迎你呵，冥国的静寂！

我满意，即便我的琴弦

不能伴我入土，我生活过，

像神一样，我已别无他求。

在《诗人的荣光》的最后一节里，奥菲斯的神话再现，必须降至哈迪斯的冥间王国弹拨旋律才能开始新的生命。有意思的是，原文的最后四行（第 79 至 82 行）仅有第 80 和 81 行因为字句重复而押韵，但是

在翻译成中文的过程中,因着汉字韵脚的丰富,自然形成了全部四行
(连同第 79 行的行内韵)都押上"ang"韵的形态,从拟音上也模仿出
了钟鸣回荡的效果,契合了"旋律回响"的庄重主题。如此由于译入
语自身的语言特性而对原文表达力形成某种加强,实属多有损耗的诗
歌翻译过程中难得一遇的惊喜。

暮　春

此刻,紫红色夕阳下,
开花的木兰被露水沾湿,
走过那些街道,月亮沿着
空气升起,就要醒着做梦。

天空的怨声让成群的燕子
飞得更远;泉中之水
纯净地放出大地深邃的声音;
此后天空大地将只剩沉默。

某座修道院门廊的角落,独自
把前额放在手心,一个鬼魂
回来,你也许会哭,想到
生命何其美丽又何其无用。

《暮春》写于 1942 年 4 月,收录于《仿佛等待黎明的人》。《暮春》前两节描写了一个春天的傍晚,紫红色夕阳下木兰花开,燕子结队掠过天际,新泉涌动咕噜作响。前两节暮春美景的铺垫却只为最后一节的慨叹:"生命何其美丽又何其无用。"

此处谓之"无用"是因为生命之美终将逝去,这句点睛末行曾激发西班牙"世纪中一代"诗人布里内斯创作其诗歌《写自巴塞和奥利瓦海》中的两行:

我知道我曾在童年闻过一朵茉莉,

在一个下午,不再存在那个下午。

在马德里大学生公寓为纪念塞尔努达诞辰 100 周年举办的圆桌会议上,布里内斯以朗诵《暮春》结束发言,并解释自己的诗句说,"我知道我曾在童年闻过一朵茉莉,/在一个下午"对应"生命何其美丽",而"不再存在那个下午"对应"何其无用"[1]。

追忆逝去之美是苦涩的,更苦涩的是在美丽尚存的时候,可预见它必将逝去的结局,却无能为力,空余叹息。怀抱着美好事物必将被破坏的宿命感再去观赏自然之美,享受的欢愉也会转化为苦涩[2]。在塞尔努达看来,大自然并非不朽,尤其自然之美更是如同世上所有

---

[1] "Luis Cernuda y la poesía española contemporánea. Una mesa redonda" en *100 años de Luis Cernuda*, pp.67－68.

[2] José Olivio Jiménez, "Emoción y trascendencia del tiempo en la poesia de Luis Cernuda", en *La Caña Gris - Homenaje a Luis Cernuda*, pp.45－83.

美丽的事物一般短暂易逝，而他对诗人的职责的定义正是追忆逝去之美。在《朗读前的絮语》一文中，塞尔努达引述了一个故事，说一个穆斯林长老带着弟子走在路上，弟子听到动听的笛子声，问道：长老，这是什么声音？长老回答：这是撒旦为世界哭泣的声音。因为撒旦获罪所受的惩罚就是爱上所有逝去的东西，所以他哭泣。——对此，塞尔努达进一步解释：诗人就像故事里的撒旦，为被摧毁的、失去的美丽哭泣。[1]

玻璃后面的孩子

夜幕落下的时候，玻璃后面

那个孩子，出神地看

下雨。街灯里点燃的

光比照出

白色的雨和黑色的风。

雨轻柔地包裹起

独自一人的房间，

而窗帘，遮在

玻璃上，像一片云，

---

[1] Luis Cernuda, "Palabras antes de una lectura", en *Prosa I*, p.604.

对他悄声说着月亮的魔法。

学校渐远。现在是
休战的时候,故事书
和小画书摆在
台灯下面,夜,
梦,没有度量的时间。

他住在那温柔力量的避风港,
还没有欲望,也没有回忆,
那个孩子,无法预知
时间正在外面静候,
和人生一起,埋伏以待。

他的影子里珍珠已长成。

《玻璃后面的孩子》写于 1956 年 5 月,收录于《客迈拉的悲伤》。
台灯下执迷阅读的孩子也在写于同年 8 月、自传性更显著的散文诗
《旅行》中出现:

小男孩在父亲书房的书架上(偷偷地,因为大人不允许他用书
房)发现几卷朱红金边装订的书,里面的铜版插画以无法言喻的魅惑
加深书页。也许是这些画最先引起他的注意,然后才是书脊上那些陌

生城市的名字：罗马，巴黎，柏林。后来，在书房别的角落不那么明显的地方，一些没有装订成册的散页出现在他眼前，也是类似的书，不过讲的是更遥远的国家和地区：印度，日本，非洲美洲大陆的广袤区域。后来他得知这些作品里有不少游记文学的名著，比如库克船长或者斯坦利寻找利文斯通的探险。不过当时小男孩只知道长久地注视那些铜版画，再从画看到文字：内心充满世界的多样、广袤与神奇。

当时，他还不渴望真的去看看书里讲的城市国家。只是翻掠阅读那些书，他已经完全快乐满足：那时候对他而言，有想象力和内在视野——他尽管拥有却不知其丰厚——就够了。抱着体积庞大的书，在冬天的台灯下，或者通往院子的阶梯的台阶上（夏日阅读的另一大吸引就是大理石的清凉），经遮阳篷过滤的阳光里，他读了又读，看了又看，在脑海中珍藏河流大海，风景城市，街道广场，建筑雕像（他记得那么清楚，多年以后，当他第一次造访书中的城市，几乎像前世住过一般相认）。

在塞尔努达的个人宇宙里，时间的摧毁之力无法触碰的地方只有童年的伊甸园以及成年后的爱欲体验。"埋伏以待"的时间似可与散文诗《时间》的开篇互文：

生命中有这样一刻到来，时间追上我们。（我不知道是否表达清楚了）我想说的是从某个年纪开始我们发现自己被时间牢牢制服必须考虑它，仿佛有个暴躁的幻象持一柄闪光的剑把我们赶出最初的天堂——所有人都曾经在那里活过，不受死亡的刺激。那不存在时间的童年啊！一天、几个小时就是永远。一个孩子的几小时里包含了多少个世纪？

有意思的是，与塞尔努达同属"27 年一代"的阿莱克桑德雷写过一首《玻璃后的脸（老人的目光）》：

或晚或早或从不。

但在玻璃后面紧贴着脸。

在一些真花旁边同一朵花

呈现为颜色，脸颊，玫瑰。

在玻璃后面玫瑰永远是玫瑰。

但闻不见。

远去的青春还是青春。

但在这里听不见。

只有光从纯真的玻璃穿过。

同样的玻璃窗与凝望的脸，同样是历经沧桑的诗人步入暮年后的作品。塞尔努达写的是尚未被腐蚀的童年，阿莱克桑德雷笔下是老人透过玻璃看世界另一端的玫瑰与青春。两首诗仿佛镜子的两面，让人禁不住想要将它们并排放置，想要让孩子与老人的目光交汇，他们看见的何尝不是曾经或将来的自己？不变的是对美的信仰和随之涌动的光，其他或真或假、或虚或实可能都不重要了。

关于花

那是一位年轻诗人，少有人知。
第一次迈入世界
为顽疾找寻开解
他死在罗马，手中握着一封信，
最后的信，甚至不想拆开，
关于他未曾享受的爱。

死前那位朋友帮他
传递最后的话：
"看一朵小花怎样生长，
花朵静默无声的生长，
也许这是我在世上
有过的唯一幸福"。

纯真？活着的时候，他注视那些花
在诗里说过很多关于它们的话；
临终那刻他的思绪重回
一生所识最纯真的幸福：
看着那朵绽放的花，它的色彩，它的优雅。

苦涩？活着的时候，他历尽

苦涩的烦恼,短暂年岁里

几乎没有除却阴影的瞬间。

死前他想带着缄默的讽刺回到

那朵花含苞待放的幸福。

苦涩?纯真?或者,为什么不能,同时兼有?

一如腐败的百合枯萎的草叶,

诗人不只是纯真或苦涩:

他不过将世界给予他的交还世界,

尽管苦涩而纯真的天性是多出的馈赠。

1821 年 2 月 23 日,罹患肺结核的英国诗人济慈去意大利疗养,客死罗马,年仅 25 岁。弥留之际,陪在他身边的是他的画家友人塞文,《关于花》即是从他离世前这段故事而来。这首诗写于 1961 年初,收录于《客迈拉的悲伤》。已近花甲之年的塞尔努达借济慈之口谈论诗人的天职,这命运饱受折磨,唯一的幸福是看见(或是发现)世界的美,写出诗句其实是将这种美交还给世界。在散文诗《隐秘的美》中塞尔努达也曾描写过类似的感受:

如同直觉使然,而非某种感知,他平生第一次察觉到自己眼睛所注视的一切的美。随着看见那隐秘的美,一种直到当时他还陌生的孤独感尖锐地滑过他的灵魂,扎了进去。

大自然交托的珍宝对他尚且年幼的孤独灵魂而言太过沉重,这种财富像是赐予他一份责任和义务,他突然很想通过与人交流减轻这种责任。可是随即一种奇怪的羞耻感阻止了他,封上他的嘴,仿佛那种天赋的代价就是与忧郁和孤立相伴,注定要在沉默中享受和承担这苦涩而神圣的陶醉,无法沟通又不可言说,窒息他的胸腔,阴云蒙上他含泪的眼。

三种愉快的神秘

飞鸟的歌唱,在黎明,
天气最温和的时候,
活着的快乐,已从梦境
溜出,用愉悦感染
向着新一天醒来的生灵。

家门口,小孩子
一个人,和自己玩,
冲着他破旧的玩具
微笑,在这快乐的
蒙昧里,享受发现自己活着。

诗人,在纸上梦着
他未完结的诗行,

他觉得很美,享受着,思考着

用理智和疯狂

什么都不重要：他的诗存在。

《三种愉快的神秘》写于 1961 年 2 月,收录于《客迈拉的悲伤》,是塞尔努达探讨诗歌之神秘的数首"元诗歌"中较为晚期的一首。将诗歌创作视为冥思中的神秘存在,这样的观点在稍早一些的作品中已有体现,如在写于 1950 年的散文诗《无所事事》(Ocio)中,塞尔努达将诗歌比作描摹不可能的现实的"不可能之鸟"(el ave imposible),帮助这只鸟在可见和不可见世界之间飞翔的一对翅膀是诗人的目光。

离开之前

你,这全无美德的世界

我不求你更多

只要一小块蓝,

在空气里,在我心里。

对财富和权力的

野心都给别人；

我只想和

我的光我的爱在一起。

《离开之前》写于 1956 年,收录于他的最后一本诗集《客迈拉的悲伤》,是其中最早写下的几首诗之一。当时诗人 54 岁,身体状况良好并无大疾,却令人意外地接连写下仿似与世道别的诗句,如同提前预知这本诗集会是他的最后一本。在《告别》末节,塞尔努达写道:

再见,再见,不可能的伴侣。
现在我只学习
死亡,渴望
再见到你们,一样的美丽
在另一世生命。

这种对离世的预感成为贯穿最后一本诗集的情绪主题之一,而只有区区八行的《离开之前》成为墓志铭般的存在,他渴望通过实现美、艺术与爱的圆满抵御现实的惨淡和境遇的不如人意。

不禁想起早已远远落在身后的 1931 年,西班牙第二共和国刚刚成立,变革仿佛就要来临的时候,29 岁的塞尔努达曾宣言一般写下"关于他自己的真理,/不叫荣耀,财富或野心/而是爱和欲望""什么野心或者云 /值不上交托的爱",其后,历经战火与流亡,历经无力与失望,已知世界全无美德,少年人不再,告别时刻,常驻他心中的终极信仰竟然如初,"一小块蓝"就足矣。

参考书目

卞之琳：《卞之琳文集》(中卷)，合肥：安徽教育出版社，2002 年。

弗兰茨·柏克瑙：《西班牙战场》，伽禾译，北京：人民文学出版社，2018 年。

洪子诚主编：《在北大课堂读诗》(修订版)，北京：北京大学出版社，2014 年。

姜涛：《巴枯宁的手》，北京：北京大学出版社，2010 年。

姜涛：《公寓里的塔：1920 年代中国的文学与青年》，北京：北京大学出版社，2015 年。

冷霜：《分叉的想象》，北京：光明日报出版社，2016 年。

路易斯·塞尔努达：《奥克诺斯》，汪天艾译，北京：人民文学出版社，2015 年。

路易斯·塞尔努达：《现实与欲望：塞尔努达流亡前诗全集 (1924—1938)》，汪天艾译，成都：四川文艺出版社，2016 年。

路易斯·塞尔努达：《致未来的诗人》，范晔译，上海：华东师范大学出版社，2015 年。

倪慧如、邹宁远：《当世界年轻的时候：参加西班牙内战的中国人 (1936—1939)》，桂林：广西师范大学出版社，2013 年。

王东东编：《诗歌中的声音——西渡研究集》，北京：华文出版社，2019 年。

查良铮译：《穆旦译文集》(第 4 卷)，北京：人民文学出版社，2005 年。

赵振江：《西班牙与西班牙语美洲诗歌导论》，北京：北京大学出版社，2002 年。

钟志邦:《约翰福音注释(卷下)》,上海:上海三联书店,2010 年。

周赟:《挣脱沉默之后》,北京:北京大学出版社,2014 年。

Cernuda, Luis. *Antología*. ed. de José María Capote. Madrid: Cátedra, 1981.

Cernuda, Luis. *Antología poética*. ed. de Ángel Rupérez. Madrid: Espasa Libros, 2010.

Cernuda, Luis. *Cinco elegías españolas: versiones autógrafas inéditas (1937). Edición facsímil*. Madrid: Ediciones Caballo Griego, 2002.

Cernuda, Luis. *Epistolario 1924 – 1963*. ed. de James Valender. Madrid: Publicaciones de la Residencia de Estudiantes, 2003.

Cernuda, Luis. *Las Nubes; Desolación de la Quimera*. ed. de Luis Antonio de Villena. Madrid: Cátedra, 2003.

Cernuda, Luis. *Poesía completa (Obra completa v. I)*. ed. de Derek Harris y Luis Maristany. Madrid: Siruela, 2003.

Cernuda, Luis. *Prosa I (Obra completa v. II)*. ed. de Derek Harris y Luis Maristany. Madrid: Siruela, 2003.

Cernuda, Luis. *Prosa II (Obra Completa v. III)*. ed. de Derek Harris y Luis Maristany. Madrid: Siruela, 2003.

Cernuda, Luis. *Un Río, un Amor: los Placeres Prohibidos*. ed. de. Derek Harris. Madrid: Cátedra, 2009.

A la sombra sagrada de los cedros - I Encruentro Hispanocrítico Cien Años Cernuda. Bogotá. 2004.

Bloom, Harold. *Genius: A Mosaic of One Hundred Exemplary Creative Minds*. New York: Warner Books, 2002.

Brines, Francisco. *Unidad y cercanía personal en la poesía de Luis Cernuda - Discurso Leído de Francisco Brines*, ed. de RAE. Madrid: Editorial Renacimiento, 2006.

Cabanilles, Antonia. *El deseo insumiso: una lectura de* La realidad y el deseo *de*

Luis Cernuda. Huesca: Mira, 2013.

Barón Palma, Emilio. *Odi et amo: Luis Cernuda y la literatura francesa*. Sevilla: Ediciones Alfar, 2000.

Gil-Albert, Juan. *Memorabiblia*. Barcelona: Tusquets ediciones, 1975.

Gil de Biedma, Jaime. *Obras: poesía y prosa*. Barcelona: Galaxia Gutenberg y Círculo de Lectores, 2010.

Gil de Biedma, Jaime. *Diarios 1956 - 1985*. Barcelona: DeBolsillo, 2017.

Goytisolo, Juan, *Obras Completas VI: Ensayos literarios*. Barcelona: Galaxia Gutenberg y Círculo de Lectores, 2007.

Harris, Derek (ed.). *Luis Cernuda (El escritor y la crítica* v. C111). Madrid: Taurus Ediciones, 1977.

Joven poesía española (Antología). Madrid: Cátedra, 1980.

Maristany, Luis. *La realidad y el deseo: Luis Cernuda*. Barcelona: Editorial Laia, 1982.

Martínez de Castilla, Nuria. y Valender, James. (eds.) *100 años de Luis Cernuda*. Madrid: Publicaciones de la Residencia de Estudiantes, 2004.

Martínez Nadal, Rafael. *Españoles en la Gran Bretaña, Luis Cernuda: el hombre y sus temas*. Madrid: Libros Hiperión, 1983.

Matas, J., Martínez, J. E. y Trabado, J. M. (eds.). *Nostalgia de una patria imposible: Estudios sobre la obra de Luis Cernuda*. Madrid: Ediciones Akal, 2005.

Muñoz, Jacobo. (ed.). *La Caña Gris - Homenaje a Luis Cernuda*. Sevilla: Editorial Renacimiento, 2002.

Rivero Taravillo, Antonio. *Con otro acento: divagaciones sobre el Cernuda "inglés"*. Sevilla: Diputación de Sevilla, 2006.

Rivero Taravillo, Antonio. *Luis Cernuda: años españoles (1902 - 1938)*. Barcelona: Tusquets, 2009.

Rivero Taravillo, Antonio. *Luis Cernuda: años de exilio (1938 - 1963)*. Barcelona: Tusquets, 2011.

Silver, Philip W. *Luis Cernuda: el poeta en su leyenda.* Madrid: Editorial Castalia, 1995.

Silver, Philip W. y Teruel, José. (eds.). 2002. *Cinco lecturas de Luis Cernuda en su centenario.* Fundación Federico García Lorca, 2002.

Teruel, José. *Los años norteamericanos de Luis Cernuda.* Valencia: Pre - texto, 2013.

Teruel, José. *El trampolín y el atleta: un estudio sobre* Los placeres prohibidos. Madrid: Ayuntamiento de Madrid, 2000.

Trapiello, Andrés. *Las armas y las letras: literatura y Guerra Civil (1936 - 1939),* Barcelona: Austral, 2019.

Valender, James. "Luis Cernuda ante la poesía española peninsular (1957 - 1962)", en *Los refugiados españoles y la cultura mexicana: actas de las segundas jornadas celebradas.* México. D. F.: El Colegio de México, 1996.

Valender, James. (ed.) *Luis Cernuda en México.* Madrid: Fondo de Cultura Económica, 2002.

路易斯·塞尔努达诗歌批评本

附录一
塞尔努达生平创作年表

1902年　路易斯·塞尔努达·毕东(Luis Cernuda Bidón)于9月21日出生在西班牙塞维利亚市的孔德托哈尔街(今为阿克特莱斯街)6号。有两个姐姐。父亲是博纳多·塞尔努达·博萨,生于波多黎各,塞尔努达出生时他任西班牙工程兵团上校。母亲是安帕罗·毕东·古埃亚尔,塞维利亚本地人。家庭氛围严肃,纪律严格,父亲不苟言笑。

1911年　西班牙十九世纪浪漫主义诗人贝克尔的遗骨被从马德里运回塞维利亚,安葬在塞维利亚大学礼拜堂,值此之机,塞尔努达读到了三卷本的贝克尔诗集,这是他与诗歌文体的初次邂逅,贝克尔也成为他最喜欢的西班牙语诗人之一。

1914年　塞尔努达的父亲升任将军军衔,全家搬至位于塞维利亚郊外的军营居住。塞尔努达开始在一所由慈善学校派[1]信徒开设的中学念书。

1916年　第一次有了写诗的冲动。偷偷写了一些作品,身边无人察觉。

1918年　举家搬至位于空气街的家中,后来他的处女作《空气的侧影》即是在此写成,因而得名。

1919年　进入塞维利亚大学法律系就读本科。在1919至1920学年度选修了刚刚成为该校文学系教授的诗人佩德罗·萨利纳斯开设的文学课,但是直到大学最后一年才经由共同朋友的介绍与萨利纳斯相识。大学期间开始阅读或重读西班牙

---

[1] 慈善学校派是天主教中最古老的教育修会。

黄金世纪古典诗人的作品,如加尔西拉索、路易斯·德·莱昂修士、贡戈拉、洛佩、克维多、卡尔德隆等。

1920 年　塞尔努达的父亲去世。家庭经济条件一落千丈、日益拮据。

1923 年　塞尔努达在塞维利亚的骑兵团服义务兵役,某天骑马巡逻时突然体会到身边一景一物仿佛初次看见,激起了心中迫切的表达欲望,有感而发创作了一组诗,但是没有留存下来。

1924 年　在塞维利亚大学的最后一年,塞尔努达常与华金·罗梅罗、伊西尼奥·卡波特等同校文学爱好者一起在萨利纳斯家聚谈。萨利纳斯建议塞尔努达学习法语并阅读法国诗歌。塞尔努达开始阅读马拉美、兰波、勒韦迪、洛特雷阿蒙以及纪德的作品。这其中,对纪德的阅读让塞尔努达认识并自然接受了自己的同性取向。

1925 年　9 月从塞维利亚大学毕业,获法学学士学位。开始彷徨于未来的职业道路选择。考虑过参加公务员考试进入外交领域工作,后放弃。10 月在塞维利亚的阿尔卡萨尔王宫花园里,通过萨利纳斯的引荐,结识了胡安·拉蒙·希梅内斯。12 月在《西方杂志》上发表了最初的几首诗。前往马德里,与文学艺术圈有了第一次接触。参观了普拉多美术馆。

1926 年　1 月回到塞维利亚。对未来职业道路的彷徨仍在继续。

1927 年　4 月处女作诗集《空气的侧影》作为《海岸》杂志的增刊,由普拉多斯和阿尔托拉吉雷编辑出版,扉页上题献给佩德罗·萨利纳斯(但是萨利纳斯见书后的冷淡反应激怒了塞尔努达,在收入全集时删去了这行题献)。再赴马德里,计划小住至冬天,但是由于诗集遭到的负面评论而提前回返,居家不出。12月同代年轻诗人齐聚塞维利亚的文化艺术协会纪念贡戈拉,塞尔努达仅作为观众参与。第一次见到加西亚·洛尔迦。古典主义时期,开始写《牧歌》《哀歌》《颂歌》系列的加尔西拉索风格诗歌。

1928年　7月母亲去世,和两个姐姐一起卖掉房子,搬去罗萨里奥街租住。9月4日告别塞维利亚,"自由的感知令我沉醉"。在马拉加停留数日,拜访《海岸》杂志团队的主要成员阿尔托拉吉雷、普拉多斯和伊诺霍萨。随后在马德里寄居。结识阿莱克桑德雷。萨利纳斯为他争取到在法国图卢兹师范学校当西班牙语讲师的职位。11月10日动身前往法国。

1929年　复活节假期间第一次去巴黎。为巴黎着迷。对电影和爵士乐的兴趣日渐浓厚。追踪阅读法国超现实主义者的新作。4月起开始丰沛的诗歌创作期。开始写《一条河,一种爱》中的最初几首诗,并翻译了艾吕雅的诗歌若干,均发表在《海岸》杂志上。6月结束图卢兹的教职任期回到马德里,居住在弗恩卡拉尔街141号的5楼。整个夏天写完了《一条河,一种爱》中的诗歌,试图谋求出版未果。开始学习英语。

1930年　从年初开始在莱昂·桑切斯·古埃斯塔的书店(马约尔街4号)全职工作。怀疑自己有没有成为作家的天赋和可能性。文学创作停滞期。对超现实主义的兴趣依旧浓厚。对社会不公产生激烈的不满和叛逆心理,厌恶墨守成规,厌恶资本主义。

1931 年　从 4 月到 6 月集中完成了《被禁止的欢愉》中的作品。

1932 年　重读贝克尔。完成《遗忘住的地方》中的作品。意识到自己已经不再需要超现实主义,认为从诗歌形式的角度超现实主义已经退化为平庸做作。开始寻找新的诗歌视野与表达。开始参与第二共和国的"乡村教育使团"文化项目,和拉蒙·加亚等艺术家及知识分子一起加入"流动美术馆"团队,一直持续到 1934 年。

1933 年　1 月印制出版诗选集《诗歌的邀请》,收录了此前各阶段的部分作品。在扉页上抄有法国诗人奈瓦尔的引文:"我出于青春的热情写下最初的诗句;出于爱情写下此后的诗句;出于绝望写下最后的诗句。"

1934 年　数次前往安达卢西亚地区小住(未回塞维利亚)。开始写作《呼祈》中的诗歌。年底出版了《遗忘住的地方》。

1935 年　1 月 19 日在马德里的立赛乌女子俱乐部(西班牙最早的知识女性俱乐部)讲读自己的诗歌,开始前发表的演讲《朗读前的絮语》是他第一次公开分析自己的创作理念。2 月在阿利坎特文学艺术协会发表题为《贝克尔与西班牙浪漫主义》的讲座。6 月起住进马德里比里亚托街 73 号,在阿尔托拉吉雷和孔查·门德斯夫妇楼上。夏天,在当时居住在马德里的德国诗人汉斯·杰布瑟的协助下开始学习德语、阅读并翻译荷尔德林("我很少以这样的热情和愉悦工作过")。

《呼祈》诗集创作过半。在《十字与横线》杂志上发表了数篇文章。该杂志的主编何塞·贝尔伽明曾经是塞尔努达处女作出版时少数表达赞赏与鼓励的评论人之一（"这位我认识且尊敬的作家用对这本书的捍卫和称赞回应着残酷的批评之声"）。

1936 年　2 月 14 日和洛尔迦、阿尔贝蒂一起参与了马德里文化艺术协会在萨尔祖埃拉剧场举办的致敬巴列-因克兰活动。4 月 1 日贝尔伽明在发行《十字与横线》杂志的树木出版社出版了塞尔努达截止到当时为止的诗歌全集《现实与欲望》。4 月 21 日洛尔迦在马德里为庆祝这本诗集的出版举办宴会，为塞尔努达举杯并发表祝酒辞。7 月西班牙内战爆发伊始，塞尔努达作为西班牙驻法国大使阿尔瓦罗·德·阿尔伯诺兹的秘书随同前往巴黎，9 月底回到马德里。10 月起开始参与共和国一方的电台宣传，马德里遭遇轰炸期间在大学城读莱奥帕尔迪。短暂志愿参军，前往瓜达哈马山脉作战。

1937 年　1 月因个人原因（不明）从志愿军中退伍回到马德里，4 月迁至瓦伦西亚，参与《西班牙时刻》杂志的编纂工作，与胡安·吉尔-阿尔贝特等人结下友谊。重新开始写诗，此阶段所写作品后收录于诗集《云》。8 月，共和国教育文化部为前来西班牙出席第二届世界反法西斯作家大会的代表们上演洛尔迦的剧目《玛里亚娜·皮奈达》，塞尔努达在其中饰演堂佩德罗。结识了奥克塔维奥·帕斯。10 月回到马德里居住，与《蓝色工装》杂志合作。

1938 年　受英国诗人朋友斯坦利·理查德森邀请,2 月 14 日动身取道法国前往英国伦敦举办讲座。3 月至 6 月在伦敦居住。在牛津郡谋得一个照顾巴斯克难民儿童的工作。7 月前往巴黎,准备回西班牙,国内的战局迫使他在法国停留至 9 月,最终放弃了回国的希望。回返英国。9 月起开始在萨里郡的中学克兰雷学校做西班牙语助教。继续写《云》中的诗歌。

1939 年　1 月起开始在格拉斯哥大学担任西班牙语讲师。苏格兰日光甚少的天气和格拉斯哥的阴沉和缺少色彩令塞尔努达抑郁。较为系统地阅读英语诗歌作品。

1940 年　11 月贝尔伽明在墨西哥的塞内加出版社为塞尔努达出版了《现实与欲望》的第二版,其中囊括了 1936 年 4 月后他所写的新作。塞尔努达开始写回忆童年的散文诗集《奥克诺斯》。与利物浦大学的《西班牙语研究学报》合作。

1941 年　秋天开始进入创作丰沛期,至次年春天写下了后来收录于诗集《仿佛等待黎明的人》当中的大部分核心作品。

1942 年　第一版《奥克诺斯》(31 篇)由诗人自费在伦敦出版。

1943 年　开始在剑桥大学担任西班牙语讲师。开始创作诗集《活而未活》中的诗歌。

1944 年　继续阅读英语诗歌。

1945 年　4 月结束在剑桥大学的任职,前往伦敦西班牙学院(共和国政府所设)教短期课程。拒绝了回格拉斯哥大学任教的机会。接受了西班牙学院提供的长期职位。8 月起开始担任伦敦西班牙学院的文学讲师,居住在海德公园门 59 号。不喜欢伦敦,每逢假期都去海边小镇短住。

1946 年　开始翻译莎士比亚的《特洛伊罗斯与克瑞西达》(1950 年完成)。3 月 4 日在英国广播公司西班牙语频道的电台节目中朗读并评论自己的诗歌。3 月 8 日在伦敦大学国王学院西班牙语系做讲座。

1947 年　3 月,在旧友孔查·德·阿尔伯诺兹的引荐下接受了美国曼荷莲女子文理学院提供的教职。9 月 10 日离开英国,乘坐轮船去往纽约。开始在曼荷莲女子文理学院教授西班牙语文学,第一次有了称得上体面的收入。9 月,阿根廷的洛萨达出版社出版了《仿佛等待黎明的人》。

1948 年　夏天前往米德堡学院教西班牙语暑期课,与同样流亡在美国的纪廉、达马索·阿隆索等同代西班牙诗人重聚,场面却并不愉快。

1949 年　第二版《奥克诺斯》在马德里出版,收录 46 篇。8 月 17 日至 9 月 22 日在墨西哥休假,这是他离开西班牙之后第一次回到母语的环境当中。

1950 年　夏天开始创作散文诗集《墨西哥主题变奏》,11 月完成。也是在夏天开始写作诗集《倒计时》中的作品。

1951 年　12 月受邀前往古巴,停留至次年 1 月,做关于西班牙当代诗歌的系列讲座,与当地编纂《源头》杂志的青年诗人如莱萨马·利马、罗德里格斯·菲奥等人建立了联系。

1952 年　11 月彻底搬去墨西哥定居,借住在墨西哥城孔查·门德斯的家中。12 月,《墨西哥主题变奏》出版。

1953 年　得到墨西哥学院微薄的基金资助,开始撰写《西班牙当代诗
　　　　歌研究》一书,于两年后完稿。其间,书中关于希梅内斯、纪
　　　　廉等人的篇目提前在《文化墨西哥》杂志发表时引发了一定
　　　　的争议。

1954 年　为了谋生,开始在墨西哥国立自治大学教授关于十七世纪
　　　　西班牙和法国戏剧的课程,持续到 1960 年,坦言并无多少
　　　　兴致。

1955 年　7 月,何塞·安赫尔·巴伦特在《艺术与文学索引》杂志第
　　　　80 期上发表文章,借以对科斯塔弗莱达诗歌的评论,表达了
　　　　年轻一代西班牙诗人对塞尔努达的尊敬和学习,特别强调
　　　　这种"学习"并非"模仿"或"重复",而是指更深层次的理解
　　　　与研究。11 月,西班牙科尔多瓦的《颂歌》杂志出版 8 月至
　　　　11 月合刊《向路易斯·塞尔努达致敬》。这一年因而成为
　　　　塞尔努达诗歌被西班牙诗坛重新接纳的起点。12 月,塞尔
　　　　努达开始和马拉加的《海螺》杂志合作。

1956 年　想在墨西哥和西班牙出版《现实与欲望》第三版,计划未能
　　　　实现。

1957 年　《西班牙当代诗歌研究》被删去一些章节之后终于在西班牙
　　　　得以出版。

1958 年　6 月,关于英语诗歌的专著《英语抒情诗的诗学思想》出版。
　　　　9 月,诗全集《现实与欲望》第三版在墨西哥出版,印数 1500
　　　　册,在第二版的基础上增加了《仿佛等待黎明的人》《活而未

活》《倒计时》三本诗集中的全部作品和正在创作、尚未定名
的新诗集(即《客迈拉的悲伤》)中的 8 首。年底,回忆录文
章《一本书的记录》发表。

1959 年　阿尔托拉吉雷在西班牙遭遇车祸去世,塞尔努达开始为好
友整理编纂诗全集,于次年由墨西哥经济文化基金会出版。

1960 年　西班牙"世纪中一代"诗人兼出版人卡洛斯·巴拉尔出版了
塞尔努达的文集《诗歌与文学》的第一卷(在墨西哥印制,西
班牙出版)。6 月至 7 月,在加州大学洛杉矶分校教授暑期
课程,结识了在该校任教的年轻教师卡洛斯·P.奥特罗,后
者在 1959 年答辩通过了关于塞尔努达的博士论文。秋天
开始了一生中最后一段诗歌创作活跃期,至次年冬天完成
了最后一本诗集《客迈拉的悲伤》中大部分的作品。

1961 年　8 月起至次年 6 月,在旧金山的州立大学教西班牙诗歌的课
程,并开设了一门诗歌风格与修辞方面的工作坊。12 月,在
旧金山的诗歌中心以及加州大学伯克利分校做了两次诗歌
朗读会。对自己的作品在出版编辑过程中遭遇的延迟日益
焦虑。

1962 年　回到墨西哥居住。11 月,诗集《客迈拉的悲伤》在墨西哥出
版,印数 1000 册。11 月,西班牙瓦伦西亚的文学杂志《灰色
芦苇》出版专刊《向路易斯·塞尔努达致敬》,收录大量同代
及后辈诗人的评论文章。塞尔努达收到样刊后大为感动,
在给该刊物主编的信中坦言""40 年的写作生涯,我从未想
过有一天别人会注意到我和我的作品"。

1963 年　8 月将增补后的《奥克诺斯》第三版（63 篇）交付出版社（生前未能见到此书出版）。11 月 5 日清晨突发心脏病去世。孔查·门德斯这样记录他生命中最后的画面："最后几天，仿佛冥冥之中有种力量让他变得不像他自己了，他开始满怀深情地回忆自己的家人，给我们看照片，他变得很热切，很想交流。11 月 4 日，那天是周一，在我女儿家，我们吃完饭聊了会儿天，那是我们最后一次说话。我们看着他起身穿过花园回到我家，在他的房间里度过了生命最后的时光。大约是第二天早上 6 点，他死在自己房间的洗手间门口，穿着睡衣和拖鞋，一只手拿着烟斗，另一只手拿着火柴。"11 月 6 日，塞尔努达被安葬在墨西哥城的潘特翁墓园，墓碑上除却姓名、生卒年和地点，只余"诗人"（Poeta）一词。在他去世前，文集《诗歌与文学》的第二卷已修改完毕，第四版（亦是最终版）诗全集《现实与欲望》也已定稿，该全集于 1964 年在墨西哥出版，印数 3000 册。

附录二
本书选诗西班牙语原文

NIÑO MUERTO

Si llegara hasta ti bajo la hierba

Joven como tu cuerpo, ya cubriendo

Un destierro más vasto con la muerte,

De los amigos la voz fugaz y clara,

Con oscura nostalgia quizá pienses

Que tu vida es materia del olvido.

Recordarás acaso nuestros días,

Este dejarse ir en la corriente

Insensible de trabajos y penas,

Este apagarse lento, melancólico

Como las llamas de tu hogar antiguo,

Como la lluvia sobre aquel tejado.

Tal vez busques el campo de tu aldea,

El galopar alegre de los potros,

La amarillenta luz sobre las tapias,

La vieja torre gris, un lado en sombra,

Tal una mano fiel que te guiara

Por las sendas perdidas de la noche.

Recordarás cruzando el mar un día

Tu leve juventud con tus amigos

En flor, así alejados de la guerra.

La angustia resbalaba entre vosotros

Y el mar sombrío al veros sonreía,

Olvidando que él mismo te llevaba

A la muerte tras de un corto destierro.

Yo hubiera compartido aquellas horas

Yertas de un hospital. Tus ojos solos

Frente a la imagen dura de la muerte.

Ese sueño de Dios no lo aceptaste.

Así como tu cuerpo era de frágil,

Enérgica y viril era tu alma.

De un solo trago largo consumiste

La muerte tuya, la que te destinaban,

Sin volver un instante la mirada

Atrás, igual que el hombre cuando lucha.

Inmensa indiferencia te cubría

Antes de que la tierra te cubriera.

El llanto que tú mismo no has llorado,

Yo lo lloro por ti. En mí no estaba

El ahuyentar tu muerte como a un perro

Enojoso. E inútil es que quiera

Ver tu cuerpo crecido, verde y puro,

Pasando como pasan estos otros

De tus amigos, por el aire blanco

De los campos ingleses, vivamente.

Volviste la cabeza contra el muro

Con el gesto de un niño que temiese

Mostrar fragilidad en su deseo.

Y te cubrió la eterna sombra larga.

Profundamente duermes. Mas escucha:

Yo quiero estar contigo; no estás solo.

IMPRESIÓN DE DESTIERRO

Fue la pasada primavera,

Hace ahora casi un año,

En un salón del viejo Temple, en Londres,

Con viejos muebles. Las ventanas daban,

Tras edificios viejos, a lo lejos,

Entre la hierba el gris relámpago del río.

Todo era gris y estaba fatigado

Igual que el iris de una perla enferma.

Eran señores viejos, viejas damas,

En los sombreros plumas polvorientas;

Un susurro de voces allá por los rincones,

Junto a mesas con tulipanes amarillos,

Retratos de familia y teteras vacías.

La sombra que caía

Con un olor a gato,

Despertaba ruidos en cocinas.

Un hombre silencioso estaba

Cerca de mí. Veía

La sombra de su largo perfil algunas veces

Asomarse abstraído al borde de la taza,

Con la misma fatiga

Del muerto que volviera

Desde la tumba a una fiesta mundana.

En los labios de alguno,

Allá por lo rincones

Donde los viejos juntos susurraban,

Densa como una lágrima cayendo,

Brotó de pronto una palabra: España.

Un cansancio sin nombre

Rodaba en mi cabeza.

Encendieron las luces. Nos marchamos.

Tras largas escaleras casi a oscuras

Me hallé luego en la calle,

Y a mi lado, al volverme,

Vi otra vez a aquel hombre silencioso,

Que habló indistinto algo

Con acento extranjero,

Un acento de niño en voz envejecida.

Andando me seguía

Como si fuera solo bajo un peso invisible,

Arrastrando la losa de su tumba;

Mas luego se detuvo.

«¿España?», dijo. «Un nombre.

España ha muerto.» Había

Una súbita esquina en la calleja.

Le vi borrarse entre la sombra húmeda.

TIERRA NATIVA

A Paquita G. de la Bárcena

Es la luz misma, la que abrió mis ojos

Toda ligera y tibia como un sueño,

Sosegada en colores delicados

Sobre las formas puras de las cosas.

El encanto de aquella tierra llana,

Extendida como una mano abierta,

Adonde el limonero encima de la fuente

Suspendía su fruto entre el ramaje.

El muro viejo en cuya barda abría

A la tarde su flor azul la enredadera,

Y al cual la golondrina en el verano

Tornaba siempre hacia su antiguo nido.

El susurro del agua alimentando,

Con su música insomne en el silencio,

Los sueños que la vida aún no corrompe,

El futuro que espera como página blanca.

Todo vuelve otra vez vivo a la mente,

Irreparable ya con el andar del tiempo,

Y su recuerdo ahora me traspasa

El pecho tal puñal fino y seguro.

Raíz del tronco verde, ¿quién la arranca?

Aquel amor primero, ¿quién lo vence?

Tu sueño y tu recuerdo, ¿quién lo olvida,

Tierra nativa, más mía cuanto más lejana?

1936

Recuérdalo tú y recuérdalo a otros,

Cuando asqueados de la bajeza humana,

Cuando iracundos de la dureza humana:

Este hombre solo, este acto solo, esta fe sola.

Recuérdalo tú y recuérdalo a otros.

En 1961 y en ciudad extraña,

Más de un cuarto de siglo

Después. Trivial la circunstancia,

Forzado tú a pública lectura,

Por ella con aquel hombre conversaste:

Un antiguo soldado

En la Brigada Lincoln.

Veinticinco años hace, este hombre,

Sin conocer tu tierra, para él lejana

Y extraña toda, escogió ir a ella

Y en ella, si la ocasión llegaba, decidió apostar su vida,

Juzgando que la causa allá puesta al tablero

Entonces, digna era

De luchar por la fe que su vida llenaba.

Que aquella causa aparezca perdida,

Nada importa;

Que tantos otros, pretendiendo fe en ella

Sólo atendieran a ellos mismos,

Importa menos.

Lo que importa y nos basta es la fe de uno.

Por eso otra vez hoy la causa te aparece

Como en aquellos días:

Noble y tan digna de luchar por ella.

Y su fe, la fe aquella, él la ha mantenido

A través de los años, la derrota,

Cuando todo parece traicionarla.

Mas esa fe, te dices, es lo que sólo importa.

Gracias, Compañero, gracias

Por el ejemplo. Gracias porque me dices

Que el hombre es noble.

Nada importa que tan pocos lo sean:

Uno, uno tan sólo basta

Como testigo irrefutable

De toda la nobleza humana.

SOÑANDO LA MUERTE

Como una blanca rosa

Cuyo halo en lo oscuro los ojos no perciben;

Como un blanco deseo

Que ante el amor caído invisible se alzara;

Como una blanca llama

Que en aire torna siempre la mentira del cuerpo,

Por el día solitario y la noche callada

Pasas tú, sombra eterna,

Con un dedo en los labios.

Vas en la blanca nube que orlándose de fuego

De un dios es ya el ala transparente;

En la blanca ladera, por el valle

Donde velan, verdes lebreles místicos, los chopos;

En la blanca figura de los hombres,

De vivir olvidados con su sueño y locura;

En todo pasas tú, sombra enigmática,

Y quedamente suenas

Tal un agua a esta fiebre de la vida.

Cuando la blanca juventud miro caída,

Manchada y rota entre las grises horas;

Cuando la blanca verdad veo traicionada

Por manos ambiciosas y bocas elocuentes;

Cuando la blanca inspiración siento perdida

Ante los duros siglos en el dolor pasados,

Sólo en ti creo entonces, vasta sombra,

Tras los sombríos mirtos de tu pórtico

Única realidad clara del mundo.

LÁZARO

Era de madrugada.

Después de retirada la piedra con trabajo,

Porque no la materia sino el tiempo

Pesaba sobre ella,

Oyeron una voz tranquila

Llamándome, como un amigo llama

Cuando atrás queda alguno

Fatigado de la jornada y cae la sombra.

Hubo un silencio largo.

Así lo cuentan ellos que lo vieron.

Yo no recuerdo sino el frío

Extraño que brotaba

Desde la tierra honda, con angustia

De entresueño, y lento iba

A despertar el pecho,

Donde insistió con unos golpes leves,

Ávido de tornarse sangre tibia.

En mi cuerpo dolía

Un dolor vivo o un dolor soñado.

Era otra vez la vida.

Cuando abrí los ojos

Fue el alba pálida quien dijo

La verdad. Porque aquellos

Rostros ávidos, sobre mí estaban mudos,

Mordiendo un sueño vago inferior al milagro,

Como rebaño hosco

Que no a la voz sino a la piedra atiende,

Y el sudor de sus frentes

Oí caer pesado entre la hierba.

Alguien dijo palabras

De nuevo nacimiento.

Mas no hubo allí sangre materna

Ni vientre fecundado

Que crea con dolor nueva vida doliente.

Sólo anchas vendas, lienzos amarillos

Con olor denso, desnudaban

La carne gris y fláccida como fruto pasado;

No el terso cuerpo oscuro, rosa de los deseos,

Sino el cuerpo de un hijo de la muerte.

El cielo rojo abría hacia lo lejos

Tras de olivos y alcores;

El aire estaba en calma.

Mas temblaban los cuerpos,

Como las ramas cuando el viento sopla,

Brotando de la noche con los brazos tendidos

Para ofrecerme su propio afán estéril.

La luz me remordía

Y hundí la frente sobre el polvo

Al sentir la pereza de la muerte.

Quise cerrar los ojos,

Buscar la vasta sombra,

La tiniebla primaria

Que su venero esconde bajo el mundo

Lavando de vergüenzas la memoria.

Cuando un alma doliente en mis entrañas

Gritó, por las oscuras galerías

Del cuerpo, agria, desencajada,

Hasta chocar contra el muro de los huesos

Y levantar mareas febriles por la sangre.

Aquel que con su mano sostenía

La lámpara testigo del milagro,

Mató brusco la llama,

Porque ya el día estaba con nosotros.

Una rápida sombra sobrevino.

Entonces, hondos bajo una frente, vi unos ojos

Llenos de compasión, y hallé temblando un alma

Donde mi alma se copiaba inmensa,

Por el amor dueña del mundo.

Vi unos pies que marcaban la linde de la vida,

El borde de una túnica incolora

Plegada, resbalando

Hasta rozar la fosa, como un ala

Cuando a subir tras de la luz incita.

Sentí de nuevo el sueño, la locura

Y el error de estar vivo,

Siendo carne doliente día a día.

Pero él me había llamado

Y en mí no estaba ya sino seguirle.

Por eso, puesto en pie, anduve silencioso,

Aunque todo para mí fuera extraño y vano,

Mientras pensaba: así debieron ellos,

Muerto yo, caminar llevándome a la tierra.

La casa estaba lejos;

Otra vez vi sus muros blancos

Y el ciprés del huerto.

Sobre el terrado había una estrella pálida.

Dentro no hallamos lumbre

En el hogar cubierto de ceniza.

Todos le rodearon en la mesa.

Encontré el pan amargo, sin sabor las frutas,

El agua sin frescor, los cuerpos sin deseo;

La palabra hermandad sonaba falsa,

Y de la imagen del amor quedaban

Sólo recuerdos vagos bajo el viento.

Él conocía que todo estaba muerto

En mí, que yo era un muerto

Andando entre los muertos.

Sentado a su derecha me veía

Como aquel que festejan al retorno.

La mano suya descansaba cerca

Y recliné la frente sobre ella

Con asco de mi cuerpo y de mi alma.

Así pedí en silencio, como se pide

A Dios, porque su nombre,

Más vasto que los templos, los mares, las estrellas,

Cabe en el desconsuelo del hombre que está solo,

Fuerza para llevar la vida nuevamente.

Así rogué, con lágrimas,

Fuerza de soportar mi ignorancia resignado,

Trabajando, no por mi vida ni mi espíritu,

Mas por una verdad en aquellos ojos entrevista

Ahora. La hermosura es paciencia.

Sé que el lirio del campo,

Tras de su humilde oscuridad en tantas noches

Con larga espera bajo tierra,

Del tallo verde erguido a la corola alba

Irrumpe un día en gloria triunfante.

CEMENTERIO EN LA CIUDAD

Tras de la reja abierta entre los muros,

La tierra negra sin árboles ni hierba,

Con bancos de madera donde allá en la tarde

Se sientan silenciosos unos viejos.

En torno están las casas, cerca hay tiendas,

Calles por las que juegan niños, y los trenes

Pasan al lado de las tumbas. Es un barrio pobre.

Como remiendos de las fachadas grises,

Cuelgan en las ventanas trapos húmedos de lluvia.

Borradas están ya las inscripciones

De las losas con muertos de dos siglos,

Sin amigos que les olvide, muertos

Clandestinos. Mas cuando el sol despierta,

Porque el sol brilla algunos días de junio,

En lo hondo algo deben sentir los huesos viejos.

Ni una hoja ni un pájaro. La piedra nada más. La tierra.

¿Es el infierno así? Hay dolor sin olvido,

Con ruido y miseria, frío largo y sin esperanza.

Aquí no existe el sueño silencioso

De la muerte, que todavía la vida

Se agita entre estas tumbas, como una prostituta

Prosigue su negocio bajo la noche inmóvil.

Cuando la sombra cae desde el cielo nublado

Y el humo de las fábricas se aquieta

En polvo gris, vienen de la taberna voces,

Y luego un tren que pasa

Agita largos ecos como bronce iracundo.

No es el juicio aún, muertos anónimos.

Sosegaos, dormid; dormid, si es que podéis.

Acaso Dios también se olvida de vosotros

JARDÍN ANTIGUO

Ir de nuevo al jardín cerrado,

Que tras los arcos de la tapia,

Entre magnolios, limoneros,

Guarda el encanto de las aguas.

Oír de nuevo en el silencio

Vivo de trinos y de hojas,

El susurro tibio del aire

Donde las almas viejas flotan.

Ver otra vez el cielo hondo

A lo lejos, la torre esbelta

Tal flor de luz sobre las palmas:

Las cosas todas siempre bellas.

Sentir otra vez, como entonces,

La espina aguda del deseo,

Mientras la juventud pasada

Vuelve. Sueño de un dios sin tiempo.

UN ESPAÑOL HABLA DE SU TIERRA

Las playas, parameras

Al rubio sol durmiendo,

Los oteros, las vegas

En paz, a solas, lejos;

Los castillos, ermitas,

Cortijos y conventos,

La vida con la historia,

Tan dulces al recuerdo,

Ellos, los vencedores

Caínes sempiternos,

De todo me arrancaron.

Me dejan el destierro.

Una mano divina

Tu tierra alzó en mi cuerpo

Y allí la voz dispuso

Que hablase tu silencio.

Contigo solo estaba,

En ti sola creyendo;

Pensar tu nombre ahora

Envenena mis sueños.

Amargos son los días

De la vida, viviendo

Sólo una larga espera

A fuerza de recuerdos.

Un día, tú ya libre

De la mentira de ellos,

Me buscarás. Entonces

¿Qué ha de decir un muerto?

DÍPICO ESPAÑOL

A Carlos Otero

I. Es lástima que fuera mi tierra

Cuando allá dicen unos

Que mis versos nacieron

De la separación y la nostalgia

Por la que fue mi tierra,

¿Sólo la más remota oyen entre mis voces?

Hablan en el poeta voces varias:

Escuchemos su coro concertado,

Adonde la creída dominante

Es tan sólo una voz entre las otras.

Lo que el espíritu del hombre

Ganó para el espíritu del hombre

A través de los siglos,

Es patrimonio nuestro y es herencia

De los hombres futuros.

Al tolerar que nos lo nieguen

Y secuestren, el hombre entonces baja,

¿Y cuánto?, en esa dura escala

Que desde el animal llega hasta el hombre.

Así ocurre en tu tierra, la tierra de los muertos,

Adonde ahora todo nace muerto,

Vive muerto y muere muerto;

Pertinaz pesadilla: procesión ponderosa

Con restaurados restos y reliquias,

A la que dan escolta hábitos y uniformes,

En medio del silencio: todos mudos,

Desolados del desorden endémico

Que el temor, sin domarlo, así doblega.

La vida siempre obtiene

Revancha contra quienes la negaron:

La historia de mi tierra fue actuada

Por enemigos enconados de la vida.

El daño no es de ayer, ni tampoco de ahora,

Sino de siempre. Por eso es hoy.

La existencia española, llegada al paroxismo,

Estúpida y cruel como su fiesta de los toros.

Un pueblo sin razón, adoctrinado desde antiguo

En creer que la razón de soberbia adolece

Y ante el cual se grita impune:

Muera la inteligencia, predestinado estaba

A acabar adorando las cadenas

Y que ese culto obsceno le trajese

Adonde hoy le vemos: en cadenas,

Sin alegría, libertad ni pensamiento.

Si yo soy español, lo soy

A la manera de aquellos que no pueden

Ser otra cosa: y entre todas las cargas

Que, al nacer yo, el destino pusiera

Sobre mí, ha sido ésa la más dura.

No he cambiado de tierra,

Porque no es posible a quien su lengua une,

Hasta la muerte, al menester de poesía.

La poesía habla en nosotros

La misma lengua con que hablaron antes,

Y mucho antes de nacer nosotros,

Las gentes en que hallara raíz nuestra existencia;

No es el poeta sólo quien ahí habla,

Sino las bocas mudas de los suyos

A quienes él da voz y les libera.

¿Puede cambiarse eso? Poeta alguno

Su tradición escoge, ni su tierra,

Ni tampoco su lengua; él las sirve,

Fielmente si es posible.

Mas la fidelidad más alta

Es para su conciencia; y yo a ésa sirvo

Pues, sirviéndola, así a la poesía

Al mismo tiempo sirvo.

Soy español sin ganas

Que vive como puede bien lejos de su tierra

Sin pesar ni nostalgia. He aprendido

El oficio de hombre duramente,

Por eso en él puse mi fe. Tanto que prefiero

No volver a una tierra cuya fe, si una tiene, dejó de ser la mía,

Cuyas maneras rara vez me fueron propias,

Cuyo recuerdo tan hostil se me ha vuelto

Y de la cual ausencia y tiempo me extrañaron.

No hablo para quienes una burla del destino

Compatriotas míos hiciera, sino que hablo a solas

(Quien habla a solas espera hablar a Dios un día)

O para aquellos pocos que me escuchen

Con bien dispuesto entendimiento.

Aquellos que como yo respeten

El albedrío libre humano

Disponiendo la vida que hoy es nuestra,

Diciendo el pensamiento al que alimenta nuestra vida.

¿Qué herencia sino ésa recibimos?

¿Qué herencia sino ésa dejaremos?

II. Bien está que fuera tu tierra

Su amigo, ¿desde cuando lo fuiste?

¿Tenías once, diez años al descubrir sus libros?

Niño eras cuando un día

En el estante de los libros paternos

Hallaste aquéllos. Abriste uno

Y las estampas tu atención fijaron;

Las páginas a leer comenzaste

Curioso de la historia así ilustrada.

Y cruzaste el umbral de un mundo mágico,

La otra realidad que está tras ésta:

Gabriel, Inés, Amaranta,

Soledad, Salvador, Genara,

Con tantos personajes creados para siempre

Por su genio generoso y poderoso.

Que otra España componen,

Entraron en tu vida

Para no salir de ella ya sino contigo.

Más vivos que las otras criaturas

Junto a ti tan pálidas pasando,

Tu amor primero lo despertaron ellos;

Héroes amados en un mundo heroico,

La red de tu vivir entretejieron con la suya,

Aún más con la de aquellos tus hermanos,

Miss Fly, Santorcaz, Tilín, Lord Gray,

Que, insatisfechos siempre, contemplabas

Existir en la busca de un imposible sueño vivo.

El destino del niño ésos lo provocaron

Hasta que deseó ser como ellos,

Vivir igual que ellos

Y, como a Salvador, que le moviera

Idéntica razón, idéntica locura,

El seguir turbulento, devoto a sus propósitos,

En su tierra y afuera de su tierra,

Tantas quimeras desoladas

Con fe que a decepción nunca cedía.

Y tras el mundo de los Episodios

Luego el de las Novelas conociste:

Rosalía, Eloísa, Fortunata,

Mauricia, Federico Viera,

Martín Muriel, Moreno Isla,

Tantos que habría de revelarte

El escondido drama de un vivir cotidiano:

La plácida existencia real y, bajo ella,

El humano tormento, la paradoja de estar vivo.

Los bien amados libros, releyéndolos

Cuántas veces, de niño, mozo y hombre,

Cada vez más en su secreto te adentrabas

Y los hallabas renovados

Como tu vida iba renovándose;

Con ojos nuevos los veías,

Como iban viendo el mundo.

Qué pocos libros pueden

Nuevo alimento darnos

A cada estación nueva en nuestra vida.

En tu tierra y afuera de tu tierra

Siempre traían fielmente

El encanto de España, en ellos no perdido,

Aunque en tu tierra misma no lo hallaras.

El nombre allí leído de un lugar, de una calle

(Portillo de Gilimón o Sal si Puedes).

Provocaba en ti la nostalgia

De la patria imposible, que no es de este mundo.

El nombre de ciudad, de barrio o pueblo,

Por todo el español espacio soleado

(Puerta de Tierra, Plaza de Santa Cruz, los Arapiles,

Cádiz, Toledo, Aranjuez, Gerona),

Dicho por él, siempre traía,

Conocido por ti el lugar o desconocido

Una doble visión: imaginada y contemplada

Ambas hermosas, ambas entrañables.

Hoy, cuando a tu tierra ya no necesitas,

Aún en estos libros te es querida y necesaria,

Más real y entresoñada que la otra:

No ésa, mas aquélla es hoy tu tierra.

La que Galdós a conocer te diese,

Como él tolerante de lealtad contraria,

Según la tradición generosa de Cervantes,

Heroica viviendo, heroica luchando

Por el futuro que era el suyo,

No el siniestro pasado donde a la otra han vuelto.

La real para ti no es esa España obscena y deprimente

En la que regentea hoy la canalla,

Sino esta España viva y siempre noble

Que Galdós en sus libros ha creado.

De aquélla nos consuela y cura ésta.

第二辑

SI EL HOMBRE PUDIERA DECIR

Si el hombre pudiera decir lo que ama,

Si el hombre pudiera levantar su amor por el cielo

Como una nube en la luz;

Si como muros que se derrumban,

Para saludar la verdad erguida en medio,

Pudiera derrumbar su cuerpo, dejando sólo la verdad de su amor,

La verdad de sí mismo,

Que no se llama gloria, fortuna o ambición,

Sino amor o deseo,

Yo sería aquel que imaginaba;

Aquel que con su lengua, sus ojos y sus manos

Proclama ante los hombres la verdad ignorada,

La verdad de su amor verdadero.

Libertad no conozco sino la libertad de estar preso en alguien

Cuyo nombre no puedo oír sin escalofrío;

Alguien por quien me olvido de esta existencia mezquina,

Por quien el día y la noche son para mí lo que quiera,

Y mi cuerpo y espíritu flotan en su cuerpo y espíritu

Como leños perdidos que el mar anega o levanta

Libremente, con la libertad del amor,

La única libertad que me exalta,

La única libertad porque muero.

Tú justificas mi existencia:

Si no te conozco, no he vivido;

Si muero sin conocerte, no muero, porque no he vivido.

NO DECÍA PALABRAS

No decía palabras,

Acercaba tan sólo un cuerpo interrogante,

Porque ignoraba que el deseo es una pregunta

Cuya respuesta no existe,

Una hoja cuya rama no existe,

Un mundo cuyo cielo no existe.

La angustia se abre paso entre los huesos,

Remonta por las venas

Hasta abrirse en la piel,

Surtidores de sueño

Hechos carne en interrogación vuelta a las nubes.

Un roce al paso,

Una mirada fugaz entre las sombras,

Bastan para que el cuerpo se abra en dos,

Ávido de recibir en sí mismo

Otro cuerpo que sueñe;

Mitad y mitad, sueño y sueño, carne y carne,

Iguales en figura, iguales en amor, iguales en deseo.

Aunque sólo sea una esperanza,

Porque el deseo es una pregunta cuya respuesta nadie sabe.

POEMAS PARA UN CUERPO

XVI   UN HOMBRE CON SU AMOR

Si todo fuera dicho

Y entre tú y yo la cuenta

Se saldara, aún tendría

Con tu cuerpo una deuda.

Pues ¿quién pondría precio

A esta paz, olvidado

En ti, que al fin conocen

Mis labios por tus labios?

En tregua con la vida,

No saber, querer nada,

Ni esperar: tu presencia

Y mi amor. Eso basta.

Tú y mi amor, mientras miro

Dormir tu cuerpo cuando

Amanece. Así mira

Un dios lo que ha creado.

Mas mi amor nada puede

Sin que tu cuerpo acceda:

Él sólo informa un mito

En tu hermosa materia.

DOSTOIEVSKI Y LA HERMOSURA FÍSICA

Alguna vez el viejo Goethe quiso

Discurrir sobre física hermosura,

Aunque no llegó a hacerlo. ¿Miedo acaso?

Alguien menos materialista (paradoja),

La hermosura moral representando,

Nos dejó de la física una imagen

Dialéctica: Falalei, el niño siervo

De hermosura inocente e insolente,

Que se anima si baila o masca azúcar.

Cómo vive su gracia, animalillo

Voluptuoso, bailando hasta rendirse

Con sus dientes tan blancos, ojos iluminados.

Dostoievski no puede ya decirnos

Si inventó a Falalei o lo encontró en la vida,

Si inventó la hermosura o supo verla.

Pero el mérito igual en ambos casos.

NEVADA

En el Estado de Nevada

Los caminos de hierro tienen nombres de pájaro,

Son de nieve los campos

Y de nieve las horas.

Las noches transparentes

Abren luces soñadas

Sobre las aguas o tejados puros

Constelados de fiesta.

Las lágrimas sonríen,

La tristeza es de alas,

Y las alas, sabemos,

Dan amor inconstante.

Los árboles abrazan árboles,

Una canción besa otra canción;

Por los caminos de hierro

Pasa el dolor y la alegría.

Siempre hay nieve dormida

Sobre otra nieve, allá en Nevada.

TELARAÑAS CUELGAN DE LA RAZÓN

Telarañas cuelgan de la razón

En un paisaje de ceniza absorta;

Ha pasado el huracán de amor,

Ya ningún pájaro queda.

Tampoco ninguna hoja,

Todas van lejos, como gotas de agua

De un mar cuando se seca,

Cuando no hay ya lágrimas bastantes,

Porque alguien, cruel como un día de sol en primavera,

Con su sola presencia ha dividido en dos un cuerpo.

Ahora hace falta recoger los trozos de prudencia,

Aunque siempre nos falte alguno;

Recoger la vida vacía

Y caminar esperando que lentamente se llene,

Si es posible, otra vez, como antes,

De sueños desconocidos y deseos invisibles.

Tú nada sabes de ello,

Tú estás allá, cruel como el día;

El día, esa luz que abraza estrechamente un triste muro,

Un muro, ¿no comprendes?

Un muro frente al cual estoy solo.

UNOS CUERPOS SON COMO FLORES

Unos cuerpos son como flores,

Otros como puñales,

Otros como cintas de agua;

Pero todos, temprano o tarde,

Serán quemaduras que en otro cuerpo se agranden,

Convirtiendo por virtud del fuego a una piedra en un hombre.

Pero el hombre se agita en todas direcciones,

Sueña con libertades, compite con el viento,

Hasta que un día la quemadura se borra,

Volviendo a ser piedra en el camino de nadie.

Yo, que no soy piedra, sino camino

Que cruzan al pasar los pies desnudos,

Muerto de amor por todos ellos;

Les doy mi cuerpo para que lo pisen,

Aunque les lleve a una ambición o a una nube,

Sin que ninguno comprenda

Que ambiciones o nubes

No valen un amor que se entrega.

QUISIERA SABER POR QUÉ ESTA MUERTE

Quisiera saber por qué esta muerte

Al verte, adolescente rumoroso,

Mar dormido bajo los astros negros,

Aún constelado por escamas de sirenas,

O seda que despliegan

Cambiante de fuegos nocturnos

Y acordes palpitantes,

Rubio igual que la lluvia,

Sombrío igual que la vida es a veces.

Aunque sin verme desfiles a mi lado,

Huracán ignorante,

Estrella que roza mi mano abandonada su eternidad,

Sabes bien, recuerdo de siglos,

Cómo el amor es lucha

Donde se muerden dos cuerpos iguales.

Yo no te había visto;

Miraba los animalillos gozando bajo el sol verdeante.

Despreocupado de los árboles iracundos,

Cuando sentí una herida que abrió la luz en mí;

El dolor enseñaba

Cómo una forma opaca, copiando luz ajena,

Parece luminosa.

Tan luminosa,

Que mis horas perdidas, yo mismo,

Quedamos redimidos de la sombra,

Para no ser ya más

Que memoria de luz;

De luz que vi cruzarme,

Seda, agua o árbol, un momento.

NO ES EL AMOR QUIEN MUERE *

No es el amor quien muere,

---

* 编者注：原诗无题，用首行取代。

Somos nosotros mismos.

Inocencia primera

Abolida en deseo,

Olvido de sí mismo en otro olvido,

Ramas entrelazadas,

¿Por qué vivir si desaparecéis un día?

Sólo vive quien mira

Siempre ante sí los ojos de su aurora,

Sólo vive quien besa

Aquel cuerpo de ángel que el amor levantara.

Fantasmas de la pena,

A lo lejos, los otros,

Los que ese amor perdieron,

Como un recuerdo en sueños,

Recorriendo las tumbas

Otro vacío estrechan.

Por allá van y gimen,

Muertos en pie, vidas tras de la piedra,

Golpeando impotencia,

Arañando la sombra

Con inútil ternura.

No, no es el amor quien muere.

DANS MA PÉNICHE

Quiero vivir cuando el amor muere;

Muere, muere pronto, amor mío.

Abre como una cola la victoria purpúrea del deseo,

Aunque el amante se crea sepultado en un súbito otoño,

Aunque grite:

Vivir así es cosa de muerte.

Pobres amantes,

Clamáis a fuerza de ser jóvenes;

Sea propicia la muerte al hombre a quien mordió la vida,

Caiga su frente cansadamente entre las manos

Junto al fulgor redondo de una mesa con cualquier triste libro

Pero en vosotros aún va fresco y fragante

El leve perejil que adorna un día al vencedor adolescente.

Dejad por demasiado cierta la perspectiva de alguna nueva tumba

solitaria.

Aún hay dichas, terribles dichas a conquistar bajo la luz terrestre.

Ante vuestros ojos, amantes,

Cuando el amor muere,

La vida de la tierra y la vida del mar palidecen juntamente;

El amor, cuna adorable para los deseos exaltados,

Los ha vuelto tan lánguidos como pasajeramente suele hacerlo

El rasguear de una guitarra en el ocio marino

Y la luz del alcohol, aleonado como una cabellera;

Vuestra guarida melancólica se cubre de sombras crepusculares

Todo queda afanoso y callado.

Así suele quedar el pecho de los hombres

Cuando cesa el tierno borboteo de la melodía confiada,

Y tras su delicia interrumpida

Un afán insistente puebla el nuevo silencio.

Pobres amantes,

¿De qué os sirvieron las infantiles arras que cruzasteis,

Cartas, rizos de luz recién cortada, seda cobriza o negra ala?

Los atardeceres de manos furtivas,

El trémulo palpitar, los labios que suspiran,

La adoración rendida a un leve sexo vanidoso,

Los ay mi vida y los ay muerte mía,

Todo, todo,

Amarillea y cae y huye con el aire que no vuelve.

Oh, amantes,

Encadenados entre los manzanos del edén,

Cuando el amor muere,

Vuestra crueldad; vuestra piedad pierde su presa,

Y vuestros brazos caen como cataratas macilentas,

Vuestro pecho queda como roca sin ave,

Y en tanto despreciáis todo lo que no lleve un velo funerario,

Fertilizáis con lágrimas la tumba de los sueños,

Dejando allí caer, ignorantes como niños,

La libertad, la perla de los días.

Pero tú y yo sabemos,

Río que bajo mi casa fugitiva deslizas tu vida experta,

Que cuando el hombre no tiene ligados sus miembros por las encantadoras mallas del amor,

Cuando el deseo es como una cálida azucena

Que se ofrece a todo cuerpo hermoso que fluya a nuestro lado,

Cuánto vale una noche como ésta, indecisa entre la primavera última y el estío primero,

Este instante en que oigo los leves chasquidos del bosque nocturno,

Conforme conmigo mismo y con la indiferencia de los otros,

Solo yo con mi vida,

Con mi parte en el mundo.

Jóvenes sátiros

Que vivís en la selva, labios risueños ante el exangüe Dios cristiano,

A quien el comerciante adora para mejor cobrar su mercancía

Pies de jóvenes sátiros,

Danzad más presto cuando el amante llora,

Mientras lanza su tierna endecha

De: Ah, cuando el amor muere.

Porque oscura y cruel la libertad entonces ha nacido;

Vuestra descuidada alegría sabrá fortalecerla,

Y el deseo girará locamente en pos de los hermosos

Cuerpos que vivifican el mundo un solo instante.

SOLILOQUIO DEL FARERO

Cómo llenarte, soledad,

Sino contigo misma.

De niño, entre las pobres guaridas de la tierra,

Quieto en ángulo oscuro,

Buscaba en ti, encendida guirnalda,

Mis auroras futuras y furtivos nocturnos,

Y en ti los vislumbraba,

Naturales y exactos, también libres y fieles,

A semejanza mía,

A semejanza tuya, eterna soledad.

Me perdí luego por la tierra injusta

Como quien busca amigos o ignorados amantes;

Diverso con el mundo,

Fui luz serena y anhelo desbocado,

Y en la lluvia sombría o en el sol evidente

Quería una verdad que a ti te traicionase,

Olvidando en mi afán

Cómo las alas fugitivas su propia nube crean.

Y al velarse a mis ojos

Con nubes sobre nubes de otoño desbordado

La luz de aquellos días en ti misma entrevistos,

Te negué por bien poco;

Por menudos amores ni ciertos ni fingidos,

Por quietas amistades de sillón y de gesto,

Por un nombre de reducida cola en un mundo fantasma,

Por los viejos placeres prohibidos,

Como los permitidos nauseabundos,

Útiles solamente para el elegante salón susurrado,

En bocas de mentira y palabras de hielo.

Por ti me encuentro ahora el eco de la antigua persona

Que yo fui,

Que yo mismo manché con aquellas juveniles traiciones;

Por ti me encuentro ahora, constelados hallazgos,

Limpios de otro deseo,

El sol, mi dios, la noche rumorosa,

La lluvia, intimidad de siempre,

El bosque y su alentar pagano,

El mar, el mar como su nombre hermoso;

Y sobre todos ellos,

Cuerpo oscuro y esbelto,

Te encuentro a ti, tú, soledad tan mía,

Y tú me das fuerza y debilidad

Como al ave cansada los brazos de la piedra.

Acodado al balcón miro insaciable el oleaje,

Oigo sus oscuras imprecaciones,

Contemplo sus blancas caricias;

Y erguido desde cuna vigilante

Soy en la noche un diamante que gira advirtiendo a los hombres,

Por quienes vivo, aun cuando no los vea;

Y así, lejos de ellos,

Ya olvidados sus nombres, los amo en muchedumbres,

Roncas y violentas como el mar, mi morada,

Puras ante la espera de una revolución ardiente

O rendidas y dóciles, como el mar sabe serlo

Cuando toca la hora de reposo que su fuerza conquista.

Tú, verdad solitaria,

Transparente pasión, mi soledad de siempre,

Eres inmenso abrazo;

El sol, el mar,

La oscuridad, la estepa,

El hombre y su deseo,

La airada muchedumbre,

¿Qué son sino tú misma?

Por ti, mi soledad, los busqué un día;

En ti, mi soledad, los amo ahora.

A UN POETA MUERTO

(F. G. L.)

Así como en la roca nunca vemos

La clara flor abrirse,

Entre un pueblo hosco y duro

No brilla hermosamente

El fresco y alto ornato de la vida.

Por esto te mataron, porque eras

Verdor en nuestra tierra árida

Y azul en nuestro oscuro aire.

Leve es la parte de la vida

Que como dioses rescatan los poetas.

El odio y destrucción perduran siempre

Sordamente en la entraña

Toda hiel sempiterna del español terrible,

Que acecha lo cimero

Con su piedra en la mano.

Triste sino nacer

Con algún don ilustre

Aquí, donde los hombres

En su miseria sólo saben

El insulto, la mofa, el recelo profundo

Ante aquel que ilumina las palabras opacas

Por el oculto fuego originario.

La sal de nuestro mundo eras,

Vivo estabas como un rayo de sol,

Y ya es tan sólo tu recuerdo

Quien yerra y pasa, acariciando

El muro de los cuerpos

Con el dejo de las adormideras

Que nuestros predecesores ingirieron

A orillas del olvido.

Si tu ángel acude a la memoria,

Sombras son estos hombres

Que aún palpitan tras las malezas de la tierra;

La muerte se diría

Más viva que la vida

Porque tú estás con ella,

Pasado el arco de su vasto imperio,

Poblándola de pájaros y hojas

Con tu gracia y tu juventud incomparables.

Aquí la primavera luce ahora.

Mira los radiantes mancebos

Que vivo tanto amaste

Efímeros pasar juntos al fulgor del mar.

Desnudos cuerpos bellos que se llevan

Tras de sí los deseos

Con su exquisita forma, y sólo encierran

Amargo zumo, que no alberga su espíritu

Un destello de amor ni de alto pensamiento.

Igual todo prosigue,

Como entonces, tan mágico,

Que parece imposible

La sombra en que has caído.

Mas un inmenso afán oculto advierte

Que su ignoto aguijón tan sólo puede

Aplacarse en nosotros con la muerte,

Como el afán del agua,

A quien no basta esculpirse en las olas,

Sino perderse anónima

En los limbos del mar.

Pero antes no sabías

La realidad más honda de este mundo:

El odio, el triste odio de los hombres,

Que en ti señalar quiso

Por el acero horrible de su victoria,

Con tu angustia postrera

Bajo la luz tranquila de Granada,

Distante entre cipreses y laureles,

Y entre tus propias gentes

Y por las mismas manos

Que un día servilmente te halagaran.

Para el poeta la muerte es la victoria;

Un viento demoníaco le impulsa por la vida,

Y si una fuerza ciega

Sin comprensión de amor

Transforma por un crimen

A ti, cantor, en héroe,

Contempla en cambio, hermano,

Cómo entre la tristeza y el desdén

Un poder más magnánimo permite a tus amigos

En un rincón pudrirse libremente.

Tenga tu sombra paz,

Busque otros valles,

Un río donde el viento

Se lleve los sonidos entre juncos

Y lirios y el encanto

Tan viejo de las aguas elocuentes,

En donde el eco como la gloria humana ruede,

Como ella de remoto,

Ajeno como ella y tan estéril.

Halle tu gran afán enajenado

El puro amor de un dios adolescente

Entre el verdor de las rosas eternas;

Porque este ansia divina, perdida aquí en la tierra,

Tras de tanto dolor y dejamiento,

Con su propia grandeza nos advierte

De alguna mente creadora inmensa,

Que concibe al poeta cual lengua de su gloria

Y luego le consuela a través de la muerte.

RETRATO DE POETA

(*Fray H. F. Paravicino*, por El Greco)

A Ramón Gaya

¿También tú aquí, hermano, amigo,

Maestro, en este limbo? ¿Quién te trajo,

Locura de los nuestros, que es la nuestra,

Como a mí? ¿O codicia, vendiendo el patrimonio

No ganado, sino heredado, de aquellos que no saben

Quererlo? Tú no puedes hablarme, y yo apenas

Si puedo hablar. Mas tus ojos me miran

Como si a ver un pensamiento me llamaran.

Y pienso. Estás mirando allá. Asistes

Al tiempo aquel parado, a lo que era

En el momento aquel, cuando el pintor termina

Y te deja mirando quietamente tu mundo

A la ventana: aquel paisaje bronco

De rocas y de encinas, verde todo y moreno,

En azul contrastado a la distancia,

De un contorno tan neto que parece triste.

Aquella tierra estás mirando, la ciudad aquella,

La gente aquella. El brillante revuelo

Miras de terciopelo y seda, de metales

Y esmaltes, de plumajes y blondas,

Con su estremecimiento, su palpitar humano

Que agita el aire como ala enloquecida

De mediodía. Por eso tu mirada

Está mirando así, nostálgica, indulgente.

El instinto te dice que ese vivir soberbio

Levanta la palabra. La palabra es más plena

Ahí, más rica, y fulge igual que otros joyeles,

Otras espadas, al cruzar sus destellos y sus filos

En el campo teñido de poniente y de sangre,

En la noche encendida, al compás del sarao

O del rezo en la nave. Esa palabra, de la cual tú conoces,

Por el verso y la plática, su poder y su hechizo.

Esa palabra de ti amada, sometiendo

A la encumbrada muchedumbre, le recuerda

Cómo va nuestra fe hacia las cosas

Ya no vistas afuera con los ojos,

Aunque dentro las ven tan claras nuestras almas;

Las cosas mismas que sostienen tu vida,

Como la tierra aquella, sus encinas, sus rocas,

Que estás ahí mirando quietamente.

Yo no las veo ya, y apenas si ahora escucho,

Gracias a ti, su dejo adormecido

Queriendo resurgir, buscando el aire

Otra vez. En los nidos de antaño

No hay pájaros, amigo. Ahí perdona y comprende;

Tan caídos estamos que ni la fe nos queda.

Me miras, y tus labios, con pausa reflexiva,

Devoran silenciosos las palabras amargas.

Dime. Dime. No esas cosas amargas, las sutiles,

Hondas, afectuosas, que mi oído

Jamás escucha. Como concha vacía,

Mi oído guarda largamente la nostalgia

De su mundo extinguido. Yo aquí solo,

Aun más que lo estás tú, mi hermano y mi maestro,

Mi ausencia en esa tuya busca acorde,

Como ola en la ola. Dime, amigo.

¿Recuerdas? ¿En qué miedo el acento

Armonioso habéis dejado? ¿Lo recuerdas?

Aquel pájaro tuyo adolecía

De esta misma pasión que aquí me trae

Frente a ti. Y aunque yo estoy atado

A prisión menos pía que la suya,

Aún me solicita el viento, el viento

Nuestro, que animó nuestras palabras.

Amigo, amigo, no me hablas. Quietamente

Sentado ahí, en dejadez airosa,

La mano delicada marcando con un dedo

El pasaje en el libro, erguido como a escucha

Del coloquio un momento interrumpido,

Miras tu mundo y en tu mundo vives.

Tú no sufres ausencia, no la sientes;

Pero por ti y por mí sintiendo, la deploro.

El norte nos devora, presos de esta tierra,

La fortaleza del fastidio atareado,

Por donde sólo van sombras de hombres,

Y entre ellas mi sombra, aunque ésta en ocio,

Y en su ocio conoce más la burla amarga

De nuestra suerte. Tú viviste tu día,

Y en él, con otra vida que el pintor te infunde,

Existes hoy. Yo ¿estoy viviendo el mío?

¿Yo? El instrumento dulce y animado,

Un eco aquí de las tristezas nuestras.

A UN POETA FUTURO

No conozco a los hombres. Años llevo

De buscarles y huirles sin remedio.

¿No les comprendo? ¿O acaso les comprendo

Demasiado? Antes que en estas formas

Evidentes, de brusca carne y hueso,

Súbitamente rotas por un resorte débil

Si alguien apasionado les allega,

Muertos en la leyenda les comprendo

Mejor. Y regreso de ellos a los vivos,

Fortalecido amigo solitario,

Como quien va del manantial latente

Al río que sin pulso desemboca.

No comprendo a los ríos. Con prisa errante pasan

Desde la fuente al mar, en ocio atareado,

Llenos de su importancia, bien fabril o agrícola;

La fuente, que es promesa, el mar sólo la cumple,

El multiforme mar, incierto y sempiterno.

Como en fuente lejana, en el futuro

Duermen las formas posibles de la vida

En un sueño sin sueños, nulas e inconscientes,

Prontas a reflejar la idea de los dioses.

Y entre los seres que serán un día

Sueñas tu sueño, mi imposible amigo.

No comprendo a los hombres. Mas algo en mí responde

Que te comprendería, lo mismo que comprendo

Los animales, las hojas y las piedras,

Compañeros de siempre silenciosos y fieles.

Todo es cuestión de tiempo en esta vida,

Un tiempo cuyo ritmo no se acuerda,

Por largo y vasto, al otro pobre ritmo

De nuestro tiempo humano corto y débil.

Si el tiempo de los hombres y el tiempo de los dioses

Fuera uno, esta nota que en mí inaugura el ritmo,

Unida con la tuya se acordaría en cadencia,

No callando sin eco entre el mudo auditorio.

Mas no me cuido de ser desconocido

En medio de estos cuerpos casi contemporáneos,

Vivos de modo diferente al de mi cuerpo

De tierra loca que pugna por ser ala

Y alcanzar aquel muro del espacio

Separando mis años de los tuyo futuros.

Sólo quiero mi brazo sobre otro brazo amigo,

Que otros ojos compartan lo que miran los míos.

Aunque tú no sabrás con cuánto amor hoy busco

Por ese abismo blanco del tiempo venidero

La sombra de tu alma, para aprender de ella

A ordenar mi pasión según nueva medida.

Ahora, cuando me catalogan ya los hombres

Bajo sus clasificaciones y sus fechas,

Disgusto a unos por frío y a los otros por raro,

Y en mi temblor humano hallan reminiscencias

Muertas. Nunca han de comprender que si mi lengua

El mundo cantó un día, fue amor quien la inspiraba.

Yo no podré decirte cuánto llevo luchando

Para que mi palabra no se muera

Silenciosa conmigo, y vaya como un eco

A ti, como tormenta que ha pasado

Y un son vago recuerda por el aire tranquilo.

Tú no conocerás cómo domo mi miedo

Para hacer de mi voz mi valentía,

Dando al olvido inútiles desastres

Que pululan en torno y pisotean

Nuestra vida con estúpido gozo,

La vida que serás y que yo casi he sido.

Porque presiento en este alejamiento humano

Cuán míos habrán de ser los hombres venideros,

Cómo esta soledad será poblada un día,

Aunque sin mí, de camaradas puros a tu imagen.

Si renuncio a la vida es para hallarla luego

Conforme a mi deseo, en tu memoria.

Cuando en hora tardía, aún leyendo

Bajo la lámpara luego me interrumpo

Para escuchar la lluvia, pesada tal borracho

Que orina en la tiniebla helada de la calle,

Algo débil en mí susurra entonces:

Los elementos libres que aprisiona mi cuerpo

¿Fueron sobre la tierra convocados

Por esto sólo? ¿Hay más? Y si lo hay ¿adónde

Hallarlo? No conozco otro mundo si no es éste,

Y sin ti es triste a veces. Ámame con nostalgia,

Como a una sombra, como yo he amado

La verdad del poeta bajo nombres ya idos.

Cuando en días venideros, libre el hombre

Del mundo primitivo a que hemos vuelto

De tiniebla y de horror, lleve el destino

Tu mano hacia el volumen donde yazcan

Olvidados mis versos, y lo abras,

Yo sé que sentirás mi voz llegarte,

No de la letra vieja, mas del fondo

Vivo en tu entraña, con un afán sin nombre

Que tú dominarás. Escúchame y comprende.

En sus limbos mi alma quizá recuerde algo,

Y entonces en ti mismo mis sueños y deseos

Tendrán razón al fin, y habré vivido.

LA GLORIA DEL POETA

Demonio hermano mío, mi semejante,

Te vi palidecer, colgado como la luna matinal,

Oculto en una nube por el cielo,

Entre las horribles montañas,

Una llama a guisa de flor tras la menuda oreja tentadora,

Blasfemando lleno de dicha ignorante,

Igual que un niño cuando entona su plegaria,

Y burlándote cruelmente al contemplar mi cansancio de la tierra.

Más no eres tú,

Amor mío hecho eternidad,

Quien deba reír de este sueño, de esta impotencia, de esta caída,

Porque somos chispas de un mismo fuego

Y un mismo soplo nos lanzó sobre las ondas tenebrosas

De una extraña creación, donde los hombres

Se acaban como un fósforo al trepar los fatigosos años de sus vidas.

Tu carne como la mía

Desea tras el agua y el sol el roce de la sombra;

Nuestra palabra anhela

El muchacho semejante a una rama florida

Que pliega la gracia de su aroma y color en el aire cálido de mayo；

Nuestros ojos el mar monótono y diverso，

Poblado por el grito de las aves grises en la tormenta，

Nuestra mano hermosos versos que arrojar al desdén de los hombres.

Los hombres tú los conoces，hermano mío；

Mírales cómo enderezan su invisible corona

Mientras se borran en las sombras con sus mujeres al brazo

Carga de suficiencia inconsciente，

Llevando a comedida distancia del pecho，

Como sacerdotes católicos la forma de su triste dios，

Los hijos conseguidos en unos minutos que se hurtaron al sueño

Para dedicarlos a la cohabitación，en la densa tiniebla conyugal

De sus cubiles，escalonados los unos sobre los otros.

Mírales perdidos en la naturaleza，

Cómo enferman entre los graciosos castaños o los taciturnos

　　plátanos.

Cómo levantan con avaricia el mentón，

Sintiendo un miedo oscuro morderles los talones；

Mira cómo desertan de su trabajo el séptimo día autorizado，

Mientras la caja，el mostrador，la clínica，el bufete，el

　　despacho oficial

Dejan pasar el aire con callado rumor

por su ámbito solitario.

.

Escúchales brotar interminables palabras

Aromatizadas de facilidad violenta,

Reclamando un abrigo para el niñito encadenado bajo el sol

　　divino

O una bebida tibia, que resguarde aterciopeladamente.

El clima de sus fauces,

A quienes dañaría la excesiva frialdad del agua natural.

Oye sus marmóreos preceptos

Sobre lo　útil, lo normal y lo hermoso;

Óyeles dictar la ley al mundo, acotar el amor, dar canon a

　　la belleza inexpresable,

Mientras deleitan sus sentidos con altavoces delirantes;

Contempla sus extraños cerebros

Intentando levantar, hijo a hijo, un complicado edificio

　　de arena

A que negase con torva frente lívida la refulgente paz de las estrellas.

Esos son, hermano mío,

Los seres con quienes mueren a solas,

Fantasmas que harán brotar un día

El solemne erudito, oráculo de estas palabras mías ante

alumnos extraños,

Obteniendo por ello renombre,

Más una pequeña casa de campo en la angustiosa sierra

inmediata a la capital;

En tanto tú, tras irisada niebla,

Acaricias los rizos de tu cabellera

Y contemplas con gesto distraído desde la altura.

Esta sucia tierra donde el poeta se ahoga.

Sabes sin embargo que mi voz es la tuya,

Que mi amor es el tuyo;

Deja, oh, deja por una larga noche.

Resbalar tu cálido cuerpo oscuro,

Ligero como un látigo,

Bajo el mío, momia de hastío sepulta en anónima yacija,

Y que tus besos, ese venero inagotable,

Viertan en mí la fiebre de una pasión a muerte entre los dos;

Porque me cansa la vana tarea de las palabras,

Como al niño las dulces piedrecillas

Que arroja a un lago, para ver estremecerse su calma

Con el reflejo de una gran ala misteriosa.

Es hora ya, es más que tiempo

De que tus manos cedan a mi vida

El amargo puñal codiciado del poeta;

De que lo hundas, con sólo un golpe limpio,

En este pecho sonoro y vibrante, idéntico a un laúd,

Donde la muerte únicamente,

La muerte únicamente,

Puede hacer resonar la melodía prometida.

PRIMAVERA VIEJA

Ahora, al poniente morado de la tarde,

En flor ya los magnolios mojados de rocío,

Psar aquellas calles, mientras crece

La luna por el aire, será soñar despierto.

El cielo con su queja harán más vasto

Bandos de golondrinas; el agua en una fuente

Librará puramente la honda voz de la tierra;

Luego el cielo y la tierra quedarán silenciosos.

En el rincón de algún compás, a solas

Con la frente en la mano, un fantasma

Que vuelve, llorarías pensando

Cuán bella fue la vida y cuán inútil.

NIÑO TRAS UN CRISTAL

Al caer la tarde, absorto

Tras el cristal, el niño mira

Llover. La luz que se ha encendido

En un farol contrasta

La lluvia blanca con el aire oscuro.

La habitación a solas

La envuelve tibiamente,

Y el visillo, velando

Sobre el cristal, como una nube,

Le susurra lunar encantamiento.

El colegio se aleja. Es ahora

La tregua, con el libro

De historias y de estampas

Bajo la lámpara, la noche,

El sueño, las horas sin medida.

Vive en el seno de su fuerza tierna,

Todavía sin deseo, sin memoria,

El niño, y sin presagio

Que afuera el tiempo aguarda

Con la vida, al acecho.

En su sombra ya se forma la perla.

A PROPÓSITO DE FLORES

Era un poeta joven, apenas conocido.

En su salida primera al mundo

Buscaba alivio a su dolencia

Cuando muere en Roma, entre sus manos una carta,

La última carta, que ni abrir siquiera quiso,

De su amor jamás gozado.

El amigo que en la muerte le asistiera

Sus palabras finales nos trasmite:

«Ver cómo crece alguna flor menuda,

El crecer silencioso de las flores,

Acaso fue la única dicha

Que he tenido en el mundo.»

¿Pureza? Vivo, a las flores amada s contemplaba

Y mucho habló de ellas en sus versos;

En el trance final su mente se volvía

A la dicha más pura que conoció en la vida:

Ver a la flor que abre, su color y su gracia.

¿Amargura? Vivo, sinsabores tuvo

Amargos que apurar, sus breves años

Apenas conocieron momentos sin la sombra.

En la muerte quiso volverse con tácito sarcasmo

A la felicidad de la flor que entreabre.

¿Amargura? ¿Pureza? ¿O, por qué no, ambas a un tiempo?

El lirio se corrompe como la hierba mala,

Y el poeta no es puro o amargo únicamente:

Devuelve sólo al mundo lo que el mundo le ha dado,

Aunque su genio amargo y puro algo más le regale.

TRES MISTERIOS GOZOSOS

El cantar de los pájaros, al alba,

Cuando el tiempo es más tibio,

Alegres de vivir, ya se desliza

Entre el sueño, y de gozo

Contagia a quien despierta al nuevo día.

Alegre sonriendo a su juguete

Pobre y roto, en la puerta

De la casa juega solo el niñito

Consigo y, en dichosa

Ignorancia, goza de hallarse vivo.

El poeta, sobre el papel soñando

Su poema inconcluso,

Hermoso le parece, goza y piensa

Con razón y locura

Que nada importa: existe su poema.

ANTES DE IRSE

Más no pedí de ti,

Tú mundo sin virtud,

Que en el aire y en mí

Un pedazo de azul.

A otros la ambición

De fortuna y poder;

Yo sólo quise ser

Con mi luz y mi amor.

附录三
译名对照表

阿道夫·贝克尔　Adolfo Bécquer

阿方索·科斯塔弗莱达　Alfonso Costafreda

爱德华多·萨尔米恩托　Edward Sarmiento

埃斯特万·萨拉扎尔　Esteban Salazar

安东尼奥·科利纳斯　Antonio Colinas

安东尼奥·马查多　Antonio Machado

安东尼奥·莫罗　Antonio Moro

《奥克诺斯》　*Ocnos*

奥克塔维奥·帕斯　Octavio Paz

"白银时代"　La edad de plata

《被禁止的欢愉》　*Los placeres prohibidos*

达马索·阿隆索　Dámaso Alonso

《岛屿》　*Ínsula*

德里克·哈里斯　Derek Harris

《电波》　*Ondas*

"27 年一代"　Generación del 1927

《仿佛等待黎明的人》　*Como quien espera el alba*

费德里科·加西亚·洛尔迦　Federico García Lorca

费尔南德斯－卡尼维　Fernando-Canível

费尔南多·奥尔甘彼得斯　Fernando Orgambides

弗朗西斯科·布里内斯　Francisco Brines

格雷高里奥·普里耶托　Gregorio Prieto

工会电台　Unión Radio

《海岸》 *Litoral*

海梅·吉尔·德·别德马 Jaime Gil de Biedma

豪尔赫·纪廉 Jorge Guillén

赫拉尔多·迭戈 Gerardo Diego

何塞·安赫尔·巴伦特 José Ángel Valente

何塞·贝尔伽明 José Bergamin

何塞·莱萨马·利马 José Lezama Lima

何塞·马利亚·卡斯特莱特 José María Castellet

何塞·奥尔特加·伊·加塞特 José Ortega y Gasset

何塞·索布利诺·里亚尼奥 José Sobrino Riaño

胡安·戈伊蒂索罗 Juan Goytisolo

胡安·吉尔-阿尔贝特 Juan Gil-Albert

胡安·赫尔曼 Juan Gelman

胡安·拉蒙·希梅内斯 Juan Ramón Jiménez

《呼祈世上的恩典》 *Invocaciones a las gracias del mundo*

《灰色芦苇》 *La caña gris*

贾科布·穆纽斯 Jacobo Muñoz

"98 年一代" Generación del 1898

卡洛斯·巴拉尔 Carlos Barral

卡洛斯·P. 奥特罗 Carlos P. Otero

《客迈拉的悲伤》 *Desolación de la Quimera*

克维多 Quevedo

孔查·德·阿尔伯诺兹　Concha de Alboñoz

孔查·门德斯　Concha Méndez

《空气的侧影》　*Perfil de Aire*

莱昂·桑切斯·古埃斯塔　León Sáchez Cuesta

拉斐尔·阿尔贝蒂　Rafael Alberti

拉斐尔·马丁内斯·纳达尔　Rafael Martínez Nadal

拉蒙·加亚　Ramón Gaya

《蓝色工装》　*El mono azul*

"68 年一代"　Generación del 1968

罗德里格斯·菲奥　Rodríguez Feo

路易斯·布努埃尔　Luis Buñuel

路易斯·德·贡戈拉　Luis de Góngora

路易斯·加西亚·蒙特罗　Luis García Montero

路易斯·塞尔努达　Luis Cernuda

洛佩·德·维加　Lope de Vega

玛丽亚·桑布拉诺　María Zambrano

玛丽亚·特蕾莎·莱昂　María Teresa León

曼努埃尔·阿尔托拉吉雷　Manuel Altolaguirre

米格尔·德·乌纳穆诺　Miguel de Unamuno

《墨西哥主题变奏》　*Variaciones del tema mexicano*

涅维斯·马修斯　Nieves Mathews

帕拉维希诺修士　Hortensio Felix Paravicino

佩德罗·萨利纳斯　Pedro Salinas

"人民美术馆" Museo del Pueblo

萨尔瓦多·阿利伊埃里 Salvador Alighieri

萨尔瓦多·达利 Salvador Dalí

塞拉芬·费尔南德斯·费罗 Serafín Fernández Ferro

"世纪中一代" Generación del medio siglo

《十月》 Octubre

《十字与横线》 Cruz y Raya

斯坦利·理查德森 Stanley Richardson

《颂歌》 Cántico

《索引》 Índice

文森特·阿莱克桑德雷 Vicente Aleixandre

文森特·高司 Vicente Gaos

乡村教育使团 Las misiones pedagógicas

《现实与欲望》 La realidad y el deseo

《西班牙时刻》 Hora de España

《英雄》 Héroe

伊尼亚齐 Iñaki

"14 年一代" Generación del 1914

《一条河,一种爱》 Un río, un amor

《遗忘住的地方》 Donde habite el olvido

《源头》 Orígenes

自由教育体系 La libre enseñanza